婉转的第三声

梁 玲 ——著

长江出版传媒　长江文艺出版社

图书在版编目（CIP）数据

婉转的第三声 / 梁玲著. -- 武汉：长江文艺出版社，2024.9
ISBN 978-7-5702-3155-3

Ⅰ.①婉… Ⅱ.①梁… Ⅲ.①诗集－中国－当代 Ⅳ.①I227

中国国家版本馆CIP数据核字（2023）第091034号

婉转的第三声
WANZHUAN DE DI SAN SHENG

插　　图：李鲁一	
责任编辑：胡　璇	责任校对：毛季慧
封面设计：源画设计	责任印制：邱　莉　王光兴

出版：长江出版传媒　长江文艺出版社
地址：武汉市雄楚大街268号　　邮编：430070
发行：长江文艺出版社
http://www.cjlap.com
印刷：湖北新华印务有限公司

开本：880毫米×1230毫米　　1/32　　印张：9
版次：2024年9月第1版　　　　　2024年9月第1次印刷
行数：6716行

定价：58.00元

版权所有，盗版必究（举报电话：027—87679308　87679310）
（图书出现印装问题，本社负责调换）

梁　玲

笔名撒哈拉的鱼。湖南汨罗人,生于1970年代,管理学硕士。出版诗集《隐喻的城堡》《我在花朵的底端》(汉英对照),曾获2023年度孟加拉国萨希托国际文学奖。

目　录

第一辑　和一朵落英说明天

柿子红了　003

三角梅　004

钻石玫瑰　005

莲　006

她也叫玉兰　007

关于玫瑰，幻念或是密语　008

辣椒记　010

白露　011

樱花树下　012

我摘下的花很快就要凋零　013

梅花落　014

爬山虎　015

一棵长满眼睛的树　016

采蘑菇　017

野山楂　018

樱花落　019

花的神祇　020

茼蒿花　021

微月　022

023 栀子花

024 蕾丝花

025 高原上的野花

026 开花的薄荷

027 小雏菊说话

028 手做玫瑰

029 红玫瑰与白玫瑰

030 银杏落

031 这就是爱呀

032 晚樱在秋天开

033 那朵叫作银杏的玫瑰

034 寒露

035 枯树枝里没有春天

036 苦瓜

037 空心菜

038 花语

039 蛇莓

040 蓝蓟

041 多肉有话想说

043 绣球开花

044 绣球至今都未变成蓝色

045 水浮莲

047 芹菜玫瑰

048 是什么样的生活呢

050 "就停在这春暖花开里吧!"

052 女人花

第二辑 每个梦都在夜里活了过来

米已成粥 055
天空之城 056
七月十五夜 058
隐 059
夕阳 060
灰 061
中元节叙事 062
顽疾 063
秋日 064
2020年的第一个梦 065
2020年小结 066
2021年的最后一首诗 067
2019年的雪 069
与雪有关 070
冬至 072
囚徒 073
消失的雪 074
掉发 075
结 076
一个人的欢愉 077
继续吧 078
葬花吟 079
你需要一颗布洛芬吗 080
梦刚醒了一会儿 081

082　梦

083　你找到回家的路了吗

084　触不可及

085　杯中十四行

086　蚂蚁蚂蚁

087　偏爱

088　失眠者

089　风口

090　相对论

091　痕迹

092　蝴蝶

093　等

094　镜中秋日

095　尖声惊叫

096　关于蓝

097　缓慢

098　挣扎

099　看见

100　比夜更长的夜

101　黑

104　关于雨的名词解释

105　还好，这只是梦一场

107　每个梦都在夜里活了过来

第三辑　一杯叫作布兰兔的茶

111　市井

头痛偏方 112
一朵云 113
醉翁辞 114
瓷器 115
茶语 116
雨刮器 118
北方的城 119
尘埃消失了吗 120
咖啡曲 121
欢喜小院 122
布兰兔的茶 123
手工毯子 125
裙子这么美你知道吗 126
生活净化论 127
猫先生 128
中年的灰 129
我卸下的惊慌都放在这里了 130
慌 132
豆子芝麻茶 133
返乡途中 134
你那里还在下雨吗 135
元宵词 136
一首做家务活的诗 137
你看见大海了吗 138
爱莲说 139
中年危机 140
桃花醉 141

142　晒太阳

143　中年禁忌

144　天桥故事

146　漏网之鱼

147　下雨天

148　"告诉我哪朵云在飞"

149　禁忌生长

150　街市

151　穿越

152　飞行曲

153　在机场

154　在云端

155　在海边

157　立冬

158　冰块

159　2015年的最后一首诗：烟火

第四辑　婉转的第三声

163　爸爸爸爸

164　清明

166　父亲节

167　和疼痛有关的词

169　读《策兰诗选》

170　哀悼日

171　菊

172　高原上的牦牛

沉默的稻垛　173
祷词　174
灰　176
飞翔　177
他说这飞翔更像一只蝴蝶　178
空镜头　179
还是那朵云　180
恋曲　181
关于太宰治　183
狮身鱼尾像　184
过山车　185
乐高乐园　186
中元节　187
在海边　188
奔跑的云　189
假想蝶　190
蓝色的桥　191
绿皮火车　192
美兰的雪　193
她的诗里没有爱　194
重生　195
风声　196
春讯　197
迷路　198
再见昙华林　200
生日碎碎念　202
回乡书　204

207　漩涡

209　武汉夏日

210　那就去贝加尔湖吧（组诗）

212　2017年我所到的北方

215　关于雪

第五辑　等一场燃烧

219　旧挂历

220　冬天适合说情话

222　生日快乐啊亲爱的

223　秋日私语

224　2018年的雪

226　他们俩

227　秋日

228　迷局

229　爱情故事

230　是的，我爱你

232　对戒

233　"拥抱吧爱人！"

234　心电图

236　我的手心没有雪花

237　夜未央

238　停顿

240　稻草人

241　沉默的爱

242　出走未完成

春风403 244
城市之鱼 247
纪念我们所谈论的爱情 248
海鸥 249
星星都去哪儿了 250
风的君王 251
请捂住这突如其来的爱情 252
"我的灵魂一直在说话啊!" 253
六月,写给毕业生的三行诗 254
一个中年女人的素描(组诗) 258
光路可逆 261
一个女子的夏天 262
亲爱的 264
在冬天的试验田看稻草人 265
截句选 266
删除 269
会发光的词 270
孤独图书馆 272
绣林小镇 273
中年 274

第一辑

和一朵落英说明天

柿子红了

一个秋天的柿子
果实太沉,终于成了负累
它再也抬不起它骄傲的头
于是径直落下,掷地无声
它的剧情结束,有些急促有些苍茫
秋天也在结束,她笑着捡起地上的柿子
一边爱它的鲜美灿烂,一边承受它的腐烂

三角梅

一树三角梅
开一半，落一半

她剪枯枝
也捡落花

怎么都想记住你开花的模样
怎么也要记下你离开的样子

春光荡漾
春风几重重

你看这花的影子
一半是前世，一半像今生

一个多么安静又喧嚣的隐喻
它们告白春天，它们作别人间

钻石玫瑰

钻石玫瑰
这美很细碎

我来时它在开花
我走时它也在开花

我假装没看见凋零的那朵
就像所有的花瓣都已回家

但是耳畔仍有暗语不断
仿佛所有陈年的香都要在体内开花

寒冬有寒冬的温暖
花朵有花朵的凛然

好不容易来尘世一遭
就想让你看我遍地妖娆

莲

秋天来了
莲便剩下了残缺的那些

一些莲子已逃之夭夭
褐色的莲身遍布干瘪的眼

我喜欢一朵秋天的寂寞的莲
她们孕育过的整个春天现在深陷水中
她们即将归去的田园此刻坠入我的梦中

她也叫玉兰

辛夷花
一个看上去多辛酸的名字
却长着一副多么可人的模样
其实她也叫玉兰
经常自顾自地香气袭人
而在丁香路某号与某人的相遇
是一场甜蜜的阴谋
糖吃得太多
甜便有了些苦的味道
大片大片的温柔洒下来之后
世间便再无那个叫作小芳的女子了

关于玫瑰，幻念或是密语

1

对一切美的执念
是毒药。
她心甘情愿服下最毒的那颗
就着烈日的光，
和一朵玫瑰最销魂的美

2

她总是一再地相信爱情
尽管这一次，她徘徊在菜场
算计着，纠结着，最后买回的
是一把老公最爱吃的芹菜
而不是玫瑰

3

很多时候
她总抱怨生活
但更多的时候

她还是会醉倒在玫瑰香里
这个恋花的女人
一边数落着贪玩的孩子
一边吸吮着被玫瑰刺伤的手指

4

这玫瑰,只要一小把就够了
我们所描绘的爱情
和你一样绚丽迷人

这玫瑰,只要一小把就够了
她仿佛已看见自己
盛放之后的凋零

命运深不可测
她爱这该死的爱情
有谁告诉她
今天的玫瑰
已不再是昨天的那枝?

辣椒记

种在花盆里的辣椒
已开出了白色的小花

月光清澈,照着辣椒花
也照着浇花的她

有时她看看月亮
有时她看看小花

"今天的月亮似乎又圆了一些吧!"
她和月亮说话,唠叨,是个恋爱中的傻瓜

"你看,眼前的小花已结成了辣椒!"
她指了指月亮,又闻了闻花香

被想象呛出的眼泪又咸又甜
有时像极了蜜糖,有时又像是砒霜

白 露

日子和往常一样平静
只是风转凉了些
阳光明晃晃,温柔了许多
她俯身去收拾那枝开败的百合
白色花瓣从空中划过
黄色花蕊在空中飞扬
最后落在地上,也落在她的白色裙子上
"完了,这黄渍是洗不掉了!"
作为家庭主妇的经验让她惊呼
但很快她便静了下来
裙子上的黄色粉末一点点凝成了结
它们在灯下闪着细碎的光
这是一朵花的意外馈赠
也是张爱玲笔下的饭粒子

樱花树下

一夜雨打风吹去,樱花落桃花落海棠花也落
一地凌乱,终成冢。她们都回家了吗?
花不语。所有的花在春分时节纷纷扬扬
这么快就了却一生,多美的人间
仓皇着,眷顾着,幻灭着
恋人还在樱花树下温存
他们哭过又笑过
和一朵落英说明天

我摘下的花很快就要凋零

摘了一两朵寒风中的花骨朵,
很快它们就在我的桌上怒放。
满桌子的美,满桌子即将到来的凋零。
我给的温暖,多么像一场杀戮。

梅花落

梅花这么快就开了,梅花的香味越来越淡了
我在暗夜里抚摸过的花骨朵,今天已露出了花蕊
我轻轻摇了摇枝头,有些花瓣便不胜酒力般
往下掉。一抹一抹淡淡的红,在空中飞
它们做时间的隐喻。美依旧鲜活
美是一场去年冬天迟迟未下的雪
美是那些熬过了寒夜的细碎的旧时光,稀疏辽阔
就在刚才,此刻,下一秒。美是一个真实的虚词
老去一直在发生。你低头看这一抹红
暗香仍需细嗅。这是垂怜?
只说人怜花似旧,她笑花不知人瘦
尘香满径,归去,归去,不如归去
不如归去,碾落成泥,繁花如泥
有爱的人看它们在空中跳舞,随风流转,光芒四射
孤独的人和它们一同落入寂静,不争春,万般沉默

爬山虎

带着一个并不温柔的名字
温柔地爬了很久
你要爬向哪里?

墙的尽头很近
光阴的尽头很远

墙很快就要被覆盖
它的前行依旧欲罢不能

有些爱铺天盖地,像一场灾难
它的叶子绿了又黄,黄了又绿
它继续编自己的网,等天荒地老

一棵长满眼睛的树

一棵长满结疤的树
一棵长满眼睛的树

我看着它
它也看着我

一边说着厚重
一边埋掉荒凉

成堆的旧时光就那么悬在树干
愈合的伤疤如何凝成满眼的泪花

树的眼是不忍触碰的经年往事
我还记得你曾年少轻狂的芳华

风不语
树眼不惊

你有无限隐匿的沧桑
我有人到中年的惊慌

采蘑菇

蘑菇总是在雨后冒出
她们小小的模样
有妖娆的美

"带它们回家吧!"
一朵云要回到天空
一滴水要重返大地

她摘一篮子的蘑菇下山
山下烟火细碎
蘑菇安静而绚烂
有的很美,有的也可能有毒

野山楂

一棵低矮的山楂树,
躲在山里面。

她摘下一颗红色的果,
左手是爱,右手是掠夺。

山楂在风中摇曳,呜咽,又沉默。
乱红飞过她的窥探与慌张,低语,又簌簌。

樱花落

前些天还开得浓烈,今天便已无踪影
这些粉色的花,已悄然落下
有的碾落成泥,有的跟着风去了远方
满树的叶开始哗啦啦歌唱
他们曾爱过深红、浅红和粉红
现在他们爱自己,招摇,做春天的王
活得透彻是多么孤独
樱花曾经盛开,在人间,那么美
又如同从来没有来过,像迷途,无声息

花的神祇

冬天的花总是开得凛冽,有种傲然的美。
她听一朵花开的声音,
她赞美一场盛大的芬芳与死亡,
她听见有人对她说,拥有花朵的人不需要神祇。

茼蒿花

之前是一道菜,绿意盈盈,气香味浓
现在是一片草,被遗忘,无人识
旷野寂静,你开得喧嚣,明艳艳
偶尔有风吹来,就摇晃一下
再继续开,开得明明白白干干净净
终极一生,吐绿,开花,结籽,不停息
风热烈起来,春天就要走远了,你看
梵高的向日葵在燃烧,你结下的籽明年还要开花
我写下关于你的一首诗,在暮色来临时带你回家

微 月

几朵微小的月季
倔强地开
她们有时低到尘埃里
有时像开在一场梦里
你看那些小小的花瓣已经落下
发黄的花蕊还在风中摇曳
美一直在,美很残忍
她来过,她已无踪影
她还犹存

栀子花

从花市买来的栀子苗
换上白色的浮雕盆
移栽,换土,小心翼翼
浇水,施肥,日日照料
活得像个信徒,安静的彼此

但那白色的小花苞
为何就只开在我的梦里
夜夜花香浓,沉醉
但栀子其实一直没有开花
她待在我的阳台,似有千言万语
而她只是静默,静默犹如处子

庚子年闰四月初四
栀子花殁。她可能死于
我过分的爱与期待

蕾丝花

为什么叫她蕾丝？
在路边，在四野
随风飘扬，一次次沉浮
她对自己说亲爱的
她用花和叶抱紧自己

大片大片的白将她高高举起
大片大片的白将她慢慢淹没
那么多的白色小米粒四处飞散
入梦一般，安静又张扬
她就要在一场漫天的白里
结束自己。她是蕾丝
雪白的蕾丝

高原上的野花

一边疯长,一边落寞
一边曼妙,一边沧桑

她们遗世独立,自顾自丰盈
她们簇拥温暖,建自己的国

如果遇上风,她们便点头微笑
如果下起了雨,那一定是花雨

哪里的蝴蝶正扇动她招摇的翅膀?
风渐渐猛烈起来,尖锐而犀利

她们开始说疼痛
漫天飞舞,飘荡

如同一场花祭。一直在花丛中
就这样心甘情愿地,被淹没

开花的薄荷

一株被遗弃的薄荷
在阳台开出了紫色的小花
仿佛劫后余生,暗自妖娆

她闻薄荷的香,突然的惊慌
渐次老去的痕迹,忽隐忽现
光阴还在,欲擒故纵,她的
虚掩的门

伸出的双手,就这样,怔在半空
周身烟火气,忽浓且烈,纠缠
一边披荆斩棘,一边画地为牢

如何放下对一朵花的景仰
低眉,细嗅,去妄,安生
她知道,花还会再开,风也还会再来

小雏菊说话

日月快,光阴老
你我闲坐,多么美好
手上那一簇小雏菊
突然就掉下去一两朵
它们贴在地面的寂静
打破我们想要的寂静
哪有什么永恒啊,尤其是这花花朵朵
我们试着去记住或者遗忘那一地芳华
继续看云看雾,看烟火看尘埃
看一朵又一朵的花儿开放又坠落

手做玫瑰

与一朵水中的玫瑰相遇
它鲜活,盈盈欲滴

与一朵钩针上的玫瑰相遇
它柔软,静默如谜

水中的玫瑰倒映在玻璃桌面上
钩针上的玫瑰纠缠在一堆毛线之中

我唤着玫瑰玫瑰
千万朵玫瑰便齐齐醒来

手中的玫瑰打着暗语
杯中的玫瑰飘着暗香

水荡漾,被水打湿的情节依旧在开花
理还乱,一朵编织的玫瑰也魂牵梦绕

你曾经爱过的是哪一朵玫瑰?
这一朵一朵的人间贪恋,要开到荼蘼

这缠缠绵绵的小小花朵
要日月沉香,到地老天荒

红玫瑰与白玫瑰

总是忐忑,唯恐这重逢不是天意
说好的一别两宽,只不过是念念不忘
明晃晃的白月光。那么美,山高水长

怎么会转瞬即逝,风是空气流动的影子
你是烟花绽放的样子。一朵烟花,两朵烟花
美到极致便消失。风烟俱静。万物芳华
只有我,还在追影子,解自己的结

最后还是会抬头看月亮,也看你
有些结不一定有解。屏住呼吸,看这一场
梦的荒诞与荒凉。你转头便隐身于人海

人潮汹涌,叙事有些细碎,花朵已开始复活
仿佛时光已雕成盛宴,谎言圆过了再圆
风烟俱净。那时的玫瑰,应当一直在场

银杏落

楼下的银杏树
终于开成了一片金黄
风吹来的时候
叶子便在空中旋转
又流星般飞过
前一秒的璀璨
后一秒的落寞
齐齐在眼前发生
她不自觉地倒退
仿佛被曾经的美逼退
仿佛时光可以倒回
手中的叶早已悄悄滑落
它们要回到泥泞的故乡
她也梦回故乡
带着满身的迷茫与惊慌

这就是爱呀

梅花在雨中开,
香气儿便零落在了水里。
你看,这枝头的花骨朵儿,
在雨中晶莹得像童话。
她们还要勇敢地在雨中开很久,
我也看了她们很久。
如果你能在她盛开之前来到我身边的话,
我不介意
这等待的时间再长一些。

晚樱在秋天开

春天的晚缨多么着急,
竟在秋天又开了花。
这仓促的光阴,仿佛穿越,也温柔。

花朵含羞,向上,有不为人知的傲骨。
时节混沌,生长宣而不语,偶尔也挣扎。
花事和尘埃,一身苍茫,都落在了秋天。

她转过身,是看花的路人,也是天上的流云。
她念人生海海,虚构的花园,给点阳光就灿烂。
她扫地上的落叶,堆成冢,
等一抹沉香,也风骨。

那朵叫作银杏的玫瑰

银杏叶落了厚厚的一层
一地金黄,像童话

她把落叶一层层卷起来
卷成玫瑰的模样

她对着银杏说玫瑰的情话
仿佛玫瑰能懂,仿佛银杏可亲

但是,是哪一片落叶走漏了风声?
她的玫瑰在手,满地银杏飞走

寒 露

微寒。在风中
桂花拼了命地开
人们并不为它的香气所惊醒
这个秋天来得太晚
冬天又来得太快
光阴很快便要萧杀一朵花的纯粹
她在桂花树下等待
等一朵花开到荼蘼,也等一只放飞的鸟
从天寒露冷处归来
祷词念念有声
桂花很快便落了一地

枯树枝里没有春天

一根偌大的枯枝横在路口
像某一处败下阵来的春天
不断有人绕过它往前走
我在它身边坐了很久,和它一起静默

我和它一起静默
有时它带我回到春天,最初的春天
有时它就是春天,永远的春天
有时它是一场杜撰,它身后的夏
轰轰烈烈,要燃烧

苦 瓜

小时候最怕的一道菜
变成了现在的最爱
善变的是心还是胃？
味蕾慢条斯理冒着烟火气
老去的苦瓜白里透着红
她的笑里带着泪

空心菜

空心菜总是让人想到空心人
空心菜梗被刀拍平之后
心便没有了缝隙
为什么那一刻她明明感觉到了刺痛?
她捂住胸口轻声尖叫:
你见过空心的人吗?
亲爱的,我的心很空很空
你在里面织了无边的网

花　语

一盘绿色沙拉上的小花
一朵别在发端的小花
"你好啊，亲爱的！"
一朵花的密语寂静而温柔

"你好啊，亲爱的！"
她低头闻香，叫自己亲爱的
她看见花落的时候下花瓣雨
她在花开的时候唱开心的歌

蛇 莓

从体育馆走到水产学院
是一朵蛇莓从绿叶间冒出来的瞬间
是一枝广玉兰从枯枝上掉下来的瞬间
是一片杜英突然满目斑驳的瞬间

世界水深火热,凡尘烟火细碎
我慢慢走近的那扇大门写着上善若水
我俯身捡起的这一点点春光宛如梦中

在人间,在春天,
所有的相见都要如这花花朵朵
或柔如丝绒,温润如玉
也轰轰烈烈,如火如荼

有时如蛇莓一样娇羞,她的美恍若有毒
有时如杜英一样喧嚣,要唤醒的夏已蓄势待发

我用很长的时间,走很短的一段路,去见你
我把枯枝败叶扔进垃圾箱,它们静默,等一场燃烧
我手捧一小束的花,它们静默,等你的怀抱

蓝 蓟

那朵淡紫色的花
在墙角对着我微笑
它的快乐很简单
我以为带走它
我们的快乐便会多一些
可是慢慢它便开始枯萎
我的忧伤比原来又多了一些

多肉有话想说

玉蝶　月影　蓝石莲　黑王子
福娘　瓦松　情人泪　玛丽安

这些好听的名字，长相却慵懒
慢腾腾的。呆头呆脑的

她说的慢生活
也总是一副晃晃悠悠的模样

其实也是不甘心的模样
在阳台。布下阵来
黑夜很容易就过成了白天

有些多肉开过花就会死去
有些多肉一直不开花，只疯长
一身绿色的皮囊，妖娆

她终于把自己融进了想要的
慢里。仿佛她就是这些多肉

是一瓣凝脂莲或是一粒小佛珠
是明晃晃的绽放，是花朵里的万千灯盏

一边光芒万丈一边黑影重重
一边沉默是金一边喋喋不休

不管怎么样。她还是喜欢
周身的世界无限安静的样子

绣球开花

她趴在墙角开花
想要开大丛大丛的蓝花或是白花

她很喧嚣
像一万个自己正在回来的路上
心事簇拥成团拥挤不堪

她很寂寞
像一万个自己正在说话
却没有谁听得清楚

事实上
她开出了艳俗的红色的花
预期的美逃之夭夭
现实来得猝不及防
谁给的一记耳光响亮
她开始面红耳赤,不敢看自己

绣球至今都未变成蓝色

绣球在阳台开花

"绣球要开淡蓝色的花。"
"绣球要有妖孽般的美。"
夜的暗示总是惊心动魄

后来绣球用尽了所有力气
但结局并非如此
不自在的红色泛滥成灾
她想要的华丽转身异常艰难

其实她哪里知道
她只是一朵花　开在哪里都是开
但开什么样的花　其实身不由己

水浮莲

1

一直躲得很远。但水的方向一直很明确
没有种子,在秋天过后,她依旧飘蓬着
打开。假装是一朵莲

2

靠近一点。再靠近一点
你几乎要被一种苍茫的绿灼伤
她们疯长,她们拥挤
她们在自己的身体里膨胀
水漫漫。她们自顾自地
开自己的花结自己的果

3

河水略黑。淤泥与肥沃有关
虫子在叶面蠕动,小心翼翼
他蹲在河边,有风送来落叶
像飘蓬的命运落在肩头
他不说话。可能仍需要一些光

打开眼前的迷雾。

水浮莲盛开。你可真的看得见?

4

一朵水浮莲。一个呓语者
大片大片的水花纷纷歌唱
她唱这人世喧嚣不垢不净
他唱这水深之处暗香浮动
光影从树缝里剥落下来
你看这莲开得多美
河水依旧平静,它们
一半是天堂,一半是深渊

芹菜玫瑰

芹菜玫瑰
长着芹菜的叶子开着玫瑰的花
娇艳又娇羞,隐匿又张扬
仿佛梦想嵌入现实
又像蜜糖恋上砒霜
暗藏的心机　招摇了整个花丛

此时,提着菜篮子的女人一脸微笑
爱或不爱,暗自窃喜,些许隐忧
像一场芹菜遇上玫瑰的盛宴
这始于春天的告白
不过是家长里短儿女情长万物生长
他变得真实
他要把你捧在手心
许你一场春暖花开的温存

是什么样的生活呢

一朵花被摘下来的时候
是花在疼还是叶子在疼
她捧着花
像捧着一大把的疼痛
她突然就想尖声惊叫
真的不想像植物一样生活

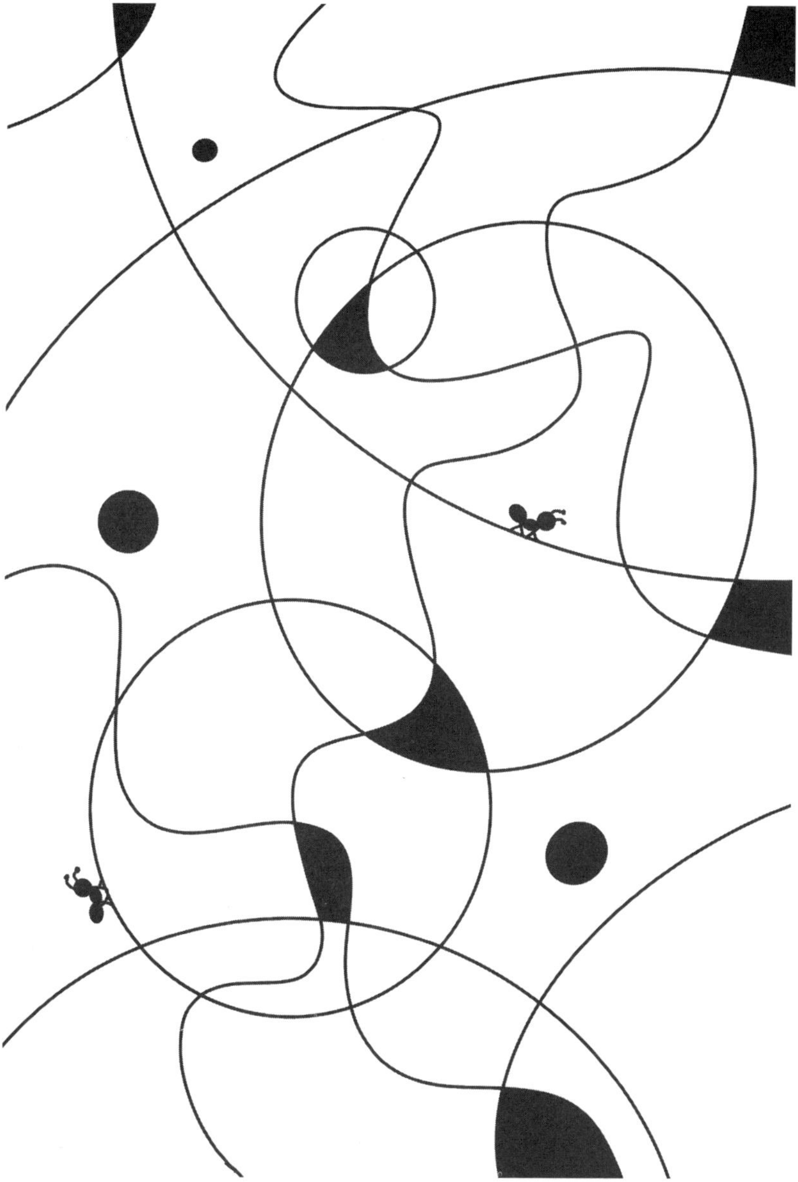

"就停在这春暖花开里吧!"

1

今天是植树节。
空气里也能闻到泥土的味道。
春天早已大驾光临,
我们还没备好芬芳的怀抱呢。

2

每次给儿子报听写的时候,
语速总是过快。
仿佛有个小马达一直在耳边追赶。
小鱼儿突然打断我说:
"妈妈你别急,
春暖花开这个词我还没有写完。"
好吧,我们停下来,
就停在这春暖花开里。

3

朋友圈已被满屏的樱花桃花梨花惊醒。
花儿这么美好,她也让你着了魔。

怎么办呢，我喜这春日奢华，我爱这草长莺飞。
怎么办呢，所有的爱都在这儿，拿走吧拿走吧。
我们自顾自地卿卿我我，我们千万遍地
死去活来。就当这世界
一直在一朵花的开放里。

女人花

目光已游离了很长时间
聚焦是个艰难的词
对于那朵逝去的花
她厌烦了喋喋不休
总归还是不要活得像个怨妇

她还是把枯了的那朵揪了下来
拒绝就长在花瓣的脸上
仿佛过期的香,有毒
她不说话
她听见逝去的母亲在说话
母亲是挂在天上的女人花
墨绿色旗袍,红纸扇,一盅苦枇杷
重生的影像透着薄荷色的光
那是陈年的气息
美遗失的时候,胭脂水粉也显无力

"唉,老了!"
但是姑娘们前赴后继
一如既往飞蛾扑火视死如归
你看,凡尘烟火纠缠不休
她的长裙飞扬,在空中画下美丽的弧度

第二辑

每个梦都在夜里活了过来

米已成粥

文火熬了一整夜
米已成粥
她起身关掉火
仿佛关掉做了一整夜的梦
一锅白粥热浪翻滚透着欢喜
一整夜的梦却早已无迹可寻
这世间烟火有多美好便有多琐碎
一碗白粥有一点寡淡又那么绵柔
它不动声色就了却了未眠的夜
请放了那梦境如同放下一杯烈酒

天空之城

车颠簸。人晕眩
但依然继续向上

向上。看云看雾
看一场空

悬空。空空如也
呼吸却急促
幻象一重重
淹没你的心事重重

近一点,再近一点
亲吻一朵云,它比你想要的轻
还要轻。只沉默。绕指柔

终究还是飘了起来
仿佛你就是那朵云。突然就徒增
这一腔侠骨柔情,要爱这世界
爱这空空的。天空之城

真爱啊,这梦里的故乡
看着看着就快没了

真怕啊,这牵着的手
走着走着就散了

七月十五夜

一点一点的
那些星火
像极了思念的光
一些蹿进了夜色
一些点着了泪花
一些不过是一只小小的蛾
只身扑进了梦里

隐

阳光从窗外照进来,洒一地金光
一半是真实,一半是幻影
有些刺眼啊,这炫目的周身
无数的尘埃在空中飞
它们漫无目的,周游世界
她也旋转起来,像陀螺,不停息
人间满目灰烬,万人如海
她,躲在尘埃里。

夕 阳

有时很温柔,有时很刺眼
它慢慢透过玻璃窗将我覆盖

一会儿它就要消失
又仿佛住进了我的身体里

它变成我的
那么远,又那么近
这金色的光芒,夜的袈裟

你看这光芒,多么像一场假象
它要在夜里,许我一个璀璨的梦

灰

一只躲在墙角的猫,怯生生
它的眼神闪烁,泛灰色的光

那个放学回家的孩子,一脸的灰
书包太重,压过肩头又压在心头

征战厨房的女人,手忙脚乱烟火浓烈
一朵熏黑的人间玫瑰,一把中年的灰

这么多的灰。有时像炼狱
有时是童话。灰色的灰烬飘啊飘

有的会浮在半空很久很久
有的便径直落下了无痕迹

中元节叙事

旧黄的纸,焚烧起来
夜色无边,突然就着了火

中元节,这一天人们尽情说鬼话
双手合十,念念有词,无须应答

她扬一把灰烬,飘摇,仿若坠入天堂
灵魂滋滋作响,不言悲伤,只闻花香

顽 疾

梦做到一半,桥便断了
她还留在那年的烟花三月
人间寂静,她是滋滋作响的星火

把妆卸了去,爱谁谁
俯身,对自己低眉顺眼
对抗与和解同时发生
她的柔情万丈,水云间

梦里的雪啊,就不要再下了
夜如白昼,陌生的白里透着亮光
她又看见了自己手上的旧伤
多少故事都已走远,偏偏那痂还在
多么坚硬的壳呢,轻轻地,似是故人来

秋　日

应是枯藤老树，雨打芭蕉
应是柔柔的金色的光，照在梧桐树上

等一片两片的叶从枝头飞下，旋转
等它们跳最后的舞，话别离

其实一切都还未来临，风中有人在歌唱
她唱这只是"等待一个秋天的日子"①

其实秋天已经开始沦陷，秋天已然沦陷
《秋日》② 还在一只枯叶蝶的销魂曲里
秋天早已没入一杯奶茶的喧嚣里

---

① 李以亮译亚当·扎加耶夫斯基诗歌《等待一个秋天的日子》。
② 里尔克诗歌《秋日》。

2020年的第一个梦

像一尾鱼搁浅在沙滩不能回头
像月色洒在湖面不知深浅
她钻进一个旧时的死胡同
夜色惊心动魄
她在巨大的黑里做一个五彩的梦

2020 年小结

是一扇尘封的窗,是一个漫长的夜。
是一个期待被打断的梦,
是一片握在手心里的雪花。

是落叶,是焦躁,是幻象,是正在回归的歧途。
是星月流光,是漫天风霜,
是轮番上演的喧哗与虚空。

是一片又一片的尘,趴在你的肩头她的发端。
能抹去它们吗?不如吹一吹,
就看它们在空中跳舞。

是一朵开过又谢去的菊,它们用来泡茶,去火。
它们用来祭奠,和逝去的魂密语,
幽香着谁的哀伤?

是一场又一场的祈祷,摁下去无数的念想。
浮起来许多细碎的光,
隐约的嚣张的 2020 的光。

是一阵又一阵的焰火,熄了又灭,灭了再生。
遥远的田野藏匿着零星的绿,
它们正温柔地说起春天。

2021 年的最后一首诗

总还是有些不舍
像今天剪短的长发，一地乱如麻
像慢慢凋谢的那朵山茶，只剩了花蕊
仿佛还摸得着的昨天，现在停留在了哪边？

万千尘埃在光芒里飘，一边灿烂一边苍茫
它们应该很轻，裹满一个人的周身
感觉又有些沉，泛着很淡很美的光

她拔花盆里的杂草，也捡掉残花和枯枝
仿佛手里握着隐形的沙漏
扬言要把日子筛选，多么徒劳

光阴总是有好有坏啊
她翻过 2021 年最后一页日历
如同翻过了所有鸡零狗碎的昨天

只有影子还在地上纠缠
它等阳光漫过来，只留满地寂静

满地寂静的，虚空中的，一个人的围城
是她的百感交集，她的爱和忧愁

还有她一寸一寸细数的似水流年

它们都要一同淹没,又再次开启,回旋
于日复一日的烟火里

2019 年的雪

下雪天我想给你写长长的信
告诉你风一直在吹雪一直在飘

雪贴在窗前迟迟不愿离开
雪想要开成冬天的荆棘花

我听见壁炉里的火在滋滋燃烧
我看见那片跳舞的雪慢慢融成了一片水花

雪花和雪花紧紧相随又相互纠缠
我和我自己密不可分又如此陌生

其实一片雪花一直在寻找一滴水
如同鸟笼寻找小鸟如同我寻找你

你看这雪花浑身冰凉又给冬天温暖
你看这冬日多么洁白有一种置身事外的美

我想在下雪天给你写长长的信
告诉你雪还在飘你还是你
告诉你你就是那个看雪的我自己

与雪有关

心里的雪

小雪过了
大雪也过了
雪依然没有下
不
雪已在我心里下了好多次

梦里的雪

漫天的雪在心里飘
片刻也不肯停留

她留在那片空白里
听光阴划过的声响

对,那是雪的声音

她沦陷在一滴水的来世今生
晶莹剔透的可能是曾经的雪
也可能是眼角的泪花

戴珍珠耳环的少女

仿佛一场雪下了几个世纪
现在终于将她唤醒
戴珍珠耳环的少女醒来
她的珍珠耳环闪闪发亮
她回头惊鸿一瞥
她身后的黑都变成了白

冬 至

一年中最长的夜来临
夕阳一点点没入江心
光影在私语,绯红一圈圈
有飞鸟掠过水面,说冬至
"冬至吃饺子啊!"
是先生回家路上的唠叨
静安路上的灯光温柔起来
仿佛所有的迷途都已被照亮
所有的倦怠都要消融在夜色
过了今晚白昼就会越来越长了
明天一直拥有比今天更多的光芒

囚　徒

夜沉了下去
梦升了起来
一只小小的麻雀在雪地里徘徊
昏黄的灯光照着它
天太冷了
麻雀有麻雀此刻不想要的自由
我们把自己裹得严严实实像个囚徒

消失的雪

向世界的告白漫天遍野
向世界的告别悄无声息

她来过。不留痕迹

天下大白。她叫雪

掉　发

那些掉下来的头发
紧紧地贴着地面、浴盆或马桶边
和曾经的青春一样倔强
你很难轻易将它们打扫干净
你看，你以为已经扔掉的那两根
还纠缠在你长出了茧的掌心

结

乱成一堆的毛线,一扯一团麻
手忙脚乱,越理越乱
没有头绪,终于败下阵来

后来她拿起剪刀,做一个绝望的主妇
剪开一个一个的死结。咔嚓。咔嚓
像一句最狠的歌词。无声唱

终于了。剪开的线头。重新找回的要领
她的双手飞旋,绕啊绕
毛线整理成一团一团的圆时
那些剪掉的结,一个一个
又慢慢都结到她心里去了

一个人的欢愉

夜色暗下来
如果你感觉害怕
就在拐角的灯光下站一会儿
暂且放下无所适从的双手
看看灯火
再踮踮脚看看远方
有细微的尘在光下跳舞
有几片花瓣在空中旋转
你看,落花有香,暗夜很美
现在,且以喜乐,且以永日

继续吧

梦一段一段地被剪掉,或继续
没有尽头的事物很多,很多
青色柠檬的酸在玻璃杯里回旋
她放弃了尝试,又试图重新开始

葬花吟

惊蛰过后是春分,清明过后是谷雨
那些盛放的花朵,你开过了之后是谁?

昨夜雨浓风骤,她说走吧,她说走吧!
于是梨花铺了一地,于是桃花逃之夭夭

这绽放多么像一场厮杀,悄无声息
只说云淡风轻,鲜衣怒马,怒放,怒放

却道晚来风急,由不得你,要飞走,飞走
人间四月,花开花谢,悲伤和芳菲一样生长

要一天走过四季,零落成泥,碾作尘
要俯身掬一抔土,安放梦境,也归置灵魂

走吧,一场盛大的花事总是又欢喜又忧伤
走吧!那些纠缠在你掌心的世事无常和沧桑

你需要一颗布洛芬吗

头疼时吞下的那颗布洛芬
在体内开成一朵隐匿的花
它们流转,跌宕起伏,也优柔
它们笑我,被加持,也被虐爱
"嘿!你好!疼痛!"
它们溜走,那么美,那么疼

梦刚醒了一会儿

在梦里,她一直跟着一朵云奔跑
有时那么近,有触手可及的温柔
有时那么远,像梦消失在了梦里

后来那朵云坠入林间,像梦在梦里醒了过来
林间有小花怒放,林间有喜鹊在歌唱

她闭上双眼深呼吸,看见爱,一直在
哦,亲爱的,你是风,还是那个等风来的人?
哦,亲爱的,梦刚醒了一会儿
云朵飘了一整天,谢谢你还在我身边

梦

又做梦了
梦里活色生香
醒来满目仓皇
梦是那个没有影子的人
她来过,什么也没有带走
她不曾来过,又带走了所有

你找到回家的路了吗

三杯两盏下去,他便头晕目眩
世界旋转起来,梦也开始颠簸

这个梦多么熟悉
他在沙漠寻找他的鱼
她在大海寻找一滴水

这个梦多么辛酸
鱼还没有教会鱼歌唱
曾经的水再也找不到回家的路

触不可及

发丝还纠缠在手心
"没关系。"
她对自己说

只是心也开始纠缠
结局总是忽明忽暗
爱人的人总是患得患失

等天色暗下来
她就要坠入无尽的黑里
那里的一切都触手可及
那里的一切都触不可及

杯中十四行

那杯咖啡
孤独地立在那儿

味蕾上的苦涩
一点点地闪烁

有时它们开永不凋零的花
有时它们隐匿在笑容深处

你给过的甜呢
一颗糖的坚硬与柔软,一晌贪欢

她试着拿出一包糖,撕了很久
糖依旧纠缠在扯不开的糖衣里

后来她放弃了。那包糖
那么孤独地立在那儿

她倔强着,任杯中的苦所向披靡
紧捏在手心里的糖开始满目疮痍

蚂蚁蚂蚁

她用一支白色的笔
写下一行行黑色的字

有些透着光
有些很温暖

还有许多像蚂蚁
蚂蚁蚂蚁

有的爬在纸上
有的爬在她心里

有时她带着蚂蚁回家
有时蚂蚁带着她回家

偏 爱

一片焦黄色的落叶
从半空坠落,如同火焰
安静又热烈
像一片云跌入大海
像飞鸟消失在天空尽头

等风吹走最后的落叶
我低头不语,用静默
偏爱,这一场燃烧的美

失眠者

她把黑夜读了好多遍
她把密语给了空穴来的风和雨

她折返于周身的黑和梦里的黑
她在黑里策马奔腾一直不停息

她喝下一小瓶的镇静剂
她急促的呼吸像是夜莺在歌唱

她在空中笔画写着白云苍狗
她终于松开了一直握成拳头的手

风　口

风吹起来
叶开始跳舞
枯黄的那片落在脚上
停了一下,又飞走

她停下来踮脚张望
看一片片的叶子
不停旋转,纠缠
最后落到地上,再次飞走

地上一无所有
寂寞漫山遍野
光阴从不留下种子
只把她一次次留在风口

相对论

叶子在变黄之前曾经很绿
风未起之前海面没有浪花

昨晚的昙花已经开过了
天还没有亮,你可以闻一闻花香

花香有时是一味药引
他误入其中,跌进寂静的深渊

有时他做自己的水手,倔强而苍茫
有时他在巨大的黑里,看见灼灼的光

可能他和想要的未来又近了一步
可是他和他来时的路又远了许多

痕　迹

窗前的叶子
又黄了一些

无风时它们静默
风起时就随风而去

它们多么从容
我们还在狂奔

不知疲倦的,一直
是那个叫作"时间"的词

它们轻声地划过空中
盘旋,无影踪

蝴　蝶

蝴蝶先是在丛林里飞
后来便是在画板上飞
最后它就飞在了我心里

蝴蝶累了就不飞了
它安静地停在我心里
开成一朵蝴蝶花

蝴蝶美好而安静
不安静的是我的心
它还在不停地飞
忙乱不知去向

等

等一片叶子落下
等那片云变成雨
等眼泪回到眼眶
等一滴水重回大海
等梦
回到梦里

镜中秋日

秋天竟然躲在一面镜子里
像无数个我躲在无眠的夜里

叶子落下
平静得如同什么也没发生

为什么我总睡不着
靠一两颗白色的药片成全黑夜

叶子顺应随波逐流的飘蓬
灰烬的尽头还有一点两点的星火

我也深爱这秋风
请扫荡我的夜色,赠我以火,以水
以及一段随风起舞的自由

尖声惊叫

不止一次尖声惊叫

像白光划过黑夜
像歌声刺痛爱情

是念念不忘的猛回头
是女人活着时的一首诗

关于蓝

1

不过是一支画笔泄露了心机
大片的蓝轻易便席卷了整个夜晚
她沉下去,便有万千朵蓝色玫瑰纵情盛放

2

一抹一抹的蓝纵身跃进黑夜
一朵一朵的花并不知开过便是一生
谁在长长的夜里唱一首喋喋不休的歌
百转千回。你看,今天的蓝一直在飞

3

蓝色大海已没有传说
蓝色长成一滴女人的朱砂痣
蓝色是女人夜里的白月光

缓　慢

我总是用等待一朵花开的时间
写一些无用的小诗
世情稀薄　可能我只是等一种小而美
等你绽放　等你凋零
等流光带走我，又加持我

挣 扎

记录一个词。那个词躲在身体里,
躲在眼睛里,躲在孩子的哭声里。
它们在夜里醒来,唱有光的歌。
它们从沙子里往下漏,看见水。

看 见

看见满大街的椰子树
如同自己也怀揣果实一般,欢呼雀跃

看见白雾茫茫的大海
她就自顾自地是那伊人,在水一方,飘摇

看见南方的天空飞过未名的鸟
有羽毛零落,在风中回旋
是自由的,热烈的,疼痛的模样

看见渔人正在撒网
他们忙碌,他们手里握着生计,还有鱼的今生
剧情有悲有喜

看见那艘船正在靠近
等待的人手心一直冒汗
她极力想要的平静正在翻江倒海

看见日子一天天远去
她画画,歌唱,行走
看一尾鱼呼啸着跃出海面又归于沉寂

比夜更长的夜

就要醉倒在风里
那个女子途经的夜
写满暗香

月光倾城
夜如一场巨大的隐喻
沉没在一个女子永无尽头的梦里
夜在夜里活了过来

黑

1

黑。不留一点白
长长长长的时光隧道
梦里的白,无尽的黑
在某个地方,也许并无白昼。

2

他拥着她走在路灯底下。从背影上看,
两个黑色的影,从繁华到颤抖,
再到无限长无限细小,最后是无限黑。
一黑到底。也刻骨铭心。

3

一只未名的虫子常常会主宰一个梦。
时而跳舞,时而吱吱叫,时而张牙舞爪。
意境凄迷华丽,孤绝是一首唱不完的歌。
在黑夜,你抓不住的有很多,你拥有的,
一直是一种黑。有时也叫温暖的黑。

4

黑有时会掉进白的漩涡

5

我说这是爱,你信吗?看不见的颜色,黑黑的颜色
双眼闭上之后的颜色,你的颜色。
爱并没有出走,爱只是喜欢捉迷藏。
爱在一种黑的具象里,不断腐蚀并重生
有时,黑并不存在。

6

下雨了。黑在一种妖娆里躲闪。
那个叫作孤绝的词再次逃窜,
终点若即若离可有可无

黑其实是一个巨大的怀抱。

7

一个幽闭症患者的黑
通常只有结,并无解

8

赤裸裸的。你的。我的。
在那片属于暗夜的欢愉之地,情色并不空幻。
她尖声惊叫,如一只黑色的猫。
蜷起来,裹在一团黑里。
一裹仿佛就是一生

9

好吧,我承认这黑像一种祭祀
在人间,泼墨留白,悲伤也需要分寸

10

好吧,黑色已出走
黑也暗自销魂

关于雨的名词解释

1. 雨。雨本是一个美好的词。

2. 现在它变成灾难,水的情节带着伤。

3. 对,就是诗人阿毛的那本《为水所伤》。

4. 我看见黑,它无边无际,撑满我的夜。

5. 一种不能发声的孤绝,这孤绝让梦变得喧嚣。

6. 梦里那个撑油纸伞的姑娘,你的长发是否已在水里飘扬?

7. 肆无忌惮野蛮生长花鸟鱼虫遍地惊慌,无限接近虚空的灰。

8. 哦,山河故人,在水一方。

9. 此岸彼端,一个叫作晴天的男孩一直在奔跑。

10. 一场关于水的战争,枪林弹雨,誓言如花。

11. 好吧,雨一直下,水一直在找回家的路。

还好,这只是梦一场

1

太美太虚幻
所以不愿醒来

但其实人们都忘了
梦做太久了也会累

2

黑夜盛行暗语
我听见你在梦里说笑话
但无论如何也笑不出声来
其实时间不好不坏
只是被一茬一茬地收割
亲爱的,你若还未备好美丽的碎花小布袋
又如何接住我这素锦流年里的月光宝盒?

3

我们反复咀嚼的那些旧事
偶尔会在梦里无端剥落

人是多么会自我安慰的东西
每个人都握着自己的沙漏
那些好的坏的想要的不想要的
在梦里反复筛选过滤

时光如此局促
我还没有记住你微笑的模样
但是亲爱的，那些有关幸福的香味
它一直在

4

有些伤害来得犀利而凶猛
比如打开试卷发现一个字也不认识
比如揭开面纱发现新娘不是自己
比如到了终点发现目的地错了
不管有多么尴尬多么狼狈
多么窒息地感觉到自己快要死了的时候
听见闹钟把自己吵醒是多么大的幸福啊！
这时你喘口气说：
哦，还好，这只是一场梦！

每个梦都在夜里活了过来

我爱着这夜色
也爱这夜色里无尽的黑

我梦见梦装在一个密封瓶里
而你却要敲碎它

梦飞了出来
它们赐我美酒也赐我毒药

我爱着的你是无数的我
我爱着的我是无数的你

我赞美春天
也赞美春天里的偏头痛

刺玫瑰在昨夜又掉了一朵
今晨窗前依旧鲜花灿烂
是谁替她又重新活了过来?

第三辑

一杯叫作布兰兔的茶

市 井

茄子是圆的,紫色,泛着光
芹菜要挑水汪汪的,叶子上还有虫子一两只

红色的辣椒像极了她晒红的脸
夏日嚣张,女人那么容易就被丢在了
菜市场的一堆零碎里

叽叽喳喳讨价还价面红耳赤
挑挑拣拣蚊子嗡嗡鸡飞狗跳

没错,日子就是这么琐碎
她不管,她还要去买孩子爱吃的番茄和洋葱

这日子多么像是手里的洋葱
一层一层越来越素净
剥着剥着便泪流满面

头痛偏方

深夏盛产阳光
酷暑常惹头痛
"妈,我头疼。"
我对着天空说话
仿佛在对着天堂的娘亲撒娇
我使劲揪着自己的额头
直到眉心红透,神经麻木
像一颗假的朱砂痣
从娘亲的额头来到我的眉间
止疼,消暑,解郁,辛辣魅惑
娘亲在天上看我
她微微一笑
我便疼痛全无
他们说这是刮痧疗效
我说这是头痛偏方

一朵云

醉过
在云端

有时笑,有时哭
有时很痛,有时有几分甜

有时她就是那朵云,一直随风飘
有时云就是她的梦,常常被惊醒

少年雪白,她一次次跌入无底的深渊
梦短情长,一朵云最后总是化成了雨

醉翁辞

只说自己未醉。只是沉醉
只是痴痴迟迟。不知归

你看路边落下很多星星,伸手
每捧一颗都是虚空。空空如也

天暗下来的时候,他的眼里便开出
万千朵花来,那花反反复复开了谢
谢了开,像幻境。又寂寞又美好
万物芳华,耳光响亮。他想打醒自己

也罢。心和星星一同坠落,噼里啪啦
嗡嗡作响。它们还没有找到回家的路
也罢。一别两宽。不计昨日不论明天

且问今宵酒醒何处。咫尺天涯。万念磅礴
梦不用结局酒不用醒。他现在是火
昏天暗地,就想燃得通透
要世界清净,他只做他自己

瓷　器

是谁雕琢了你
给你坚硬的外壳
也给你易碎的心
风物盏盏，终究经不起碰撞
我俯身收拾碎了一地的你
一边看满地狼藉，一边说人间清醒
关于爱，关于宿命
褪色和衰老一直在发生
我的破碎的瓷器终在等回炉再造
我的被扎伤的手指还滴着血，等结痂

茶　语

她摇晃着茶杯,闻茶香
茶叶在杯中浮浮沉沉,不消停
她也晃晃悠悠,眼迷蒙
最后茶叶坠入杯底
她的心事还在翻腾
她抿去一小片茶叶的纠缠,有些涩
芳香还在,唇齿温柔
慌和乱的平息,并不动声色
谁在和一杯茶轻言细语——
缓慢的春天正在来时的路上

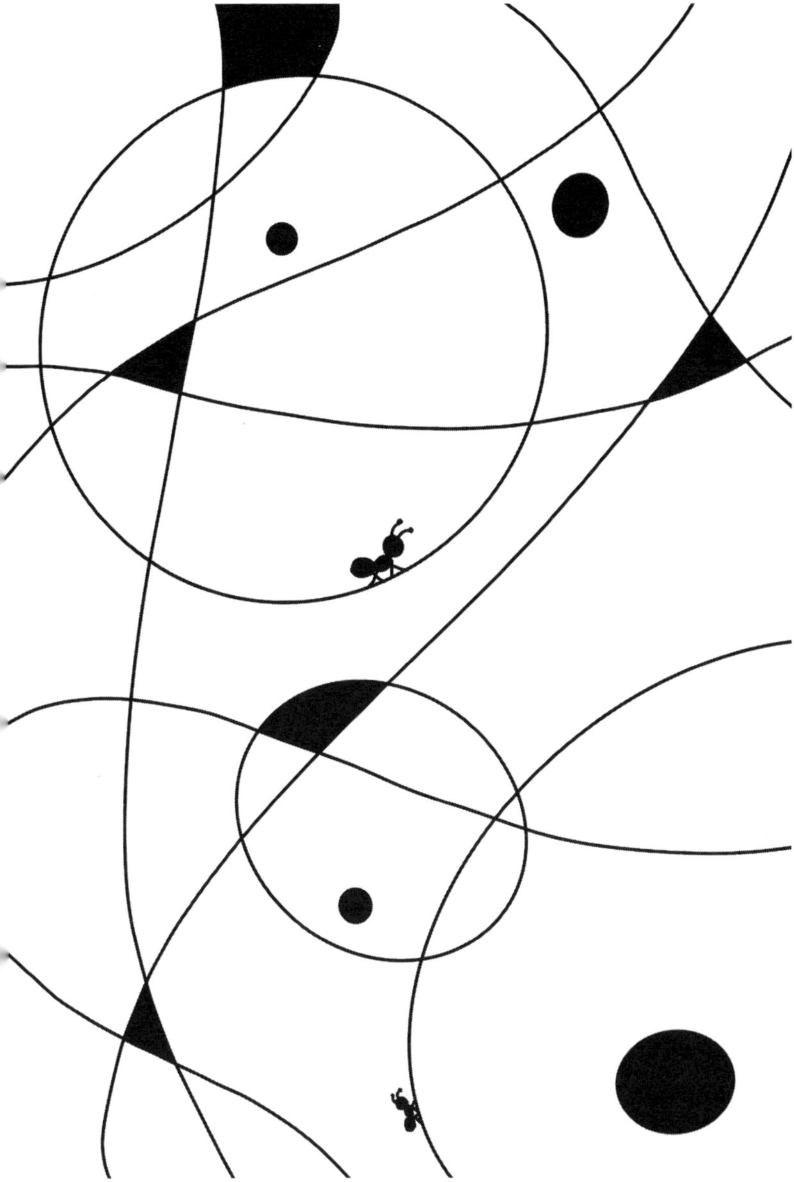

雨刮器

雨刷来来回回刮着挡风玻璃
她的心也跟着来来回回
有些是来时的美
有些是去时的愁
玻璃已越来越明净啊
心事也要被一一烫平
怔怔地,她念旧时风雨路
有时时光会溜走
有时时光会回来

北方的城

有时是灰的城
呼吸也显得小心翼翼,呵气成霜
在风中,一片落叶要飘很久才会遇到另一片

有时是幻的城
假装旅途逍遥,倔强的人说绝不随波逐流
假装看见雪,雪里埋着阳光、沙滩,还有不安分的影子

有时只是北方的城
她相信来时的路已丢在了某个路口,她不再踮脚张望
去讨记忆里的半颗糖,或是一封旧情书
日子需要自动屏蔽一些尘土和寒意

有时只是他的城
所以爱。这一城琐碎,满面春风,盘根错节
海水与火焰。不时围堵。她常常需要紧捂胸口
笃定着说沉醉。其实已有些心律不齐啊
还当它是当年的怦然心动

尘埃消失了吗

颠簸了一天
日头仓促,不消停

尘土是此刻细微的部分
它们飞扬,也不停歇

太阳落山的时候
你就看不见它们了

空气寂静,山河辽阔
尘埃其实并没有落定

它还在它停留的地方
你还在你来时的路上

咖啡曲

一把褐色的咖啡豆
被研磨、萃取之后
散成一盘沙
最后被冲刷,随流水

她抿一口黑咖啡
有些微甜,有些酸涩
夕阳的余晖洒在咖啡杯上
也照在她的额头上
"就当它是生活的高光吧。"
也闪亮

她摊开自己的双手
仿佛看见光阴就在指尖
刚来过,又溜走

欢喜小院

巧克力色的。柔软的。渗入味蕾的部分
带着中年的灰色的部分。眼神
尽可能地带着欢喜。在欢喜小院
欢愉。是两只小猫的嬉戏,风情万种
是一枝马醉木的绿意,从容
她俯身去触碰这看得见的快乐
直到猫咪躲进树丛,直到
她的手怔在空中,空气也凝固
所有的纵情仿佛都在流水的消失里
只是一汪小小的流水啊,落叶也随了去
万物静默如谜,她笑而不语
只安静地喝一杯白开水,等一个迟到的友人
也等这个来得太晚的秋天
和她说光阴的故事,说传说中的永远
再继续流转,随风去

布兰兔的茶

1

他突然地出现。像黑暗中的一道光。
他说:你觉得我是光,只是因为你在暗处。

2

那位拾荒老人弯腰的动作很艰难
晚风在长长的巷口吹过来
它是想象里的魔法棒,要温柔地点石成金

3

青春突然地遥不可及,
连概念都是。

4

一杯叫作布兰兔的茶
不动声色就把昼夜翻转过来
她沉在这夜色,如同这黑色的一部分。

5

蓝色的满天星开得招摇
很多时候,它的细碎连着大片的忧伤

6

我会把33楼楼顶的风想象成刀子
它正在收割黑夜里睁大的双眼
沉沉睡去的人　又寂静又美好

7

那个少年说:我有梦想,来日可期
他的笑容几乎要把日子点燃
我回望他的笑,并努力接住所有的灰烬

8

天黑的时候她除了买菜还依旧买了花
她系上漂亮的围裙
她听一首叫作《英雄泪》的老歌
一篮子的琐碎泼洒出来,也滴英雄泪

手工毯子

这个冬天她要钩一个蓝色毛毯
毯子上要开大朵大朵蓝色的花

她努力静下来,穿针引线
像一个熟稔的主妇
不让自己轻易就乱了阵脚

别乱动啊,别让突然的敲门声将她惊扰
手中的针太尖,一不留神
它便会给你扎心的疼

裙子这么美你知道吗

海棠　茉莉　满天星
这些是花样
蕾丝　刺绣　金丝绒
这些是面料
后来她们遇见了这个爱穿裙子的女人
便织出了一千零一夜的故事

她从不怠慢自己
像是怕被那光阴遗弃
梦想常常忽明忽暗
深恋之物却一直很鲜活
你看
粉色的蔷薇常常在半夜就开了花
黑色的天鹅正在自顾自地跳着舞

跳舞的裙子始终像一个温暖的怀抱
自动屏蔽的残缺终于哑口无言
这个活在旧时光的女人一脸妖娆
她说
让我们一起穿裙子到八十岁

生活净化论

鱼沉谷底,她在山里
鸟在叫,花在开,叶子在落下
不下雨的时候就会出太阳
偶尔也能看到彩虹

她慢慢地沿着青灰色的台阶回家
要绣一朵春天的玫瑰
要做一顿简单的饭食
要储藏种子、老茶、枯萎的花朵
还有燃烧的火

猫先生

一只白色的猫看着我
它不说话,它只是看着我

后来它慢慢靠近
眼睛便有些温热

再后来它来到我身边
躺在我长长的裙摆里

这亦步亦趋
多么像一场优柔的试探

属于一只猫的温暖
正在仲春时节发酵

阳光从有风的窗口洒了进来
地面一片金黄伴着一片阴影

一只沉睡在我的长裙里的猫
多么像一个梦又醒在了梦里

中年的灰

雨又大又急促
车过小桥便有了飘蓬的感觉

她还是不愿意这飘蓬
她开始喜欢车内拥挤的安全感

空气混浊没有关系
每个人的呼吸都那么近也没有关系
一只虫子扇动它灰色的翅膀竟然也那么好看

她看雨打玻璃正猛
她听这雨声很烈
世界在一片灰里仿佛正正好好

是啊,灰
这世间哪有那么多的非黑即白
她摁下自己的小小心事
接受这个暴雨天的灰
以及生活中随时来袭的
灰色的部分

我卸下的惊慌都放在这里了
——写给柒①

蓝色的背后是什么?
他一遍遍地问我
我一次次地沉默

仿佛所有的鲜花都献给了大地
而我还有你
一定是全世界的寂静都流浪到了这里
而我还有你

在野芷湖淡蓝色的水面上
影子和影子纠缠
它们谈谈情,跳跳舞
一晌贪欢。之后
离别和重逢一样喧嚣
但水面暂时还无法平静
我们涉水而过的相遇忘却了惊慌
我们拥抱,如同失散多年的亲人
我们看着彼此,如同看见自己
我们泪流满面,满身六月的暗香

是谁说"树和儿童寻求在他们上面的事物"

---

① 柒:"柒号教室"书吧。

荷尔德林可爱的蓝里延续着不安分的隐喻
而我还有你。柒。
最寂静的一朵，隐喻的花
最长的遇见。最温暖的。前世今生
一直在发生。一直在路上

蓝色的背后是什么？
想象湮没想象，疑虑荒于疑虑
可能是一杯柠檬水的清凉
可能是一朵花最寂寞的开放
可能是你略显干裂的唇
可能是无限的可能

我把花放下
被放下的。花的命运一直在持续
我沦陷的。无限的蓝
是一枚发黄的婚戒。是一堆旧照片
柒。归来之时。化在你的绕指柔里
柒。我开始赞美沉默
沉默是你无边的寂静和欢喜

现在，请把所有的鲜花都献给大地
而我还有你
请让全世界的寂静都流浪到这里
而我还有你

把我自己献给你。柒

慌

一朵花开得很嚣张
你爱她风月无边的模样

后来风来了

她在风中摇摆的模样
她在风中欲罢不能的模样
你爱她的模样

你爱她的模样
首先是惊
最后便只剩下了慌

豆子芝麻茶

炒一把豆子,直到一颗颗的黄豆炸开
炒一小勺芝麻,听它们发出细碎的声响
茶叶和盐必不可少,姜也磨成了鲜黄的汁
就在滚烫的开水把它们齐齐地冲开了花的时候
我被偷偷地唤回了故乡,有些急切
更多的沉默伴着更多的喧嚣
年轻的母亲贤惠的母亲病中的母亲
就这样浮在一杯老家的鲜活的茶里
我轻轻地抿一口,茶有些烫
炒熟的豆子芝麻在水中千转百回
它们溢出迷人的香气儿
谁还记得那些淬火的疼痛?
犹如故乡犹如成长犹如岁岁年年
几片茶叶正在杯中沉下又浮起
它们想变成一只蝴蝶落在母亲年轻时的发髻里
此刻母亲应是在天上看我
她微笑不语,许我一杯豆子芝麻茶里的
无尽欢颜

返乡途中

一片叶子从树上飘了下来
大树全然不知。风兀自吹
她继续流浪。梦一场又一场

我想握住一瓣雪花。洁白的花
但她只留给我一片水花
雪花不再跳好看的舞。只说越拥抱越孤独

返乡的路有冰雪和冻雨
迫不得已缓慢的时光
前方的前方依旧显得慌张
也罢。颠簸的前行。
自诩的爱。自顾自张扬

我在晃荡的车里梦见强烈的阳光。眩晕
我看见天上的白云一次次对我微笑
又一次次消失
造物弄人。又美又虚空

也说世事万千,哪里经得起端详
我们行走,彷徨。安静地做一个俗人
亦步亦趋。步步倾心。寻找回家的路

你那里还在下雨吗

雨下得太久,水便像是一场
湿漉漉的阴谋。阴冷又冗长

南方的女人正在为潮湿的被子发愁
她们熟稔地烘干衣服,用电热毯焐热自己
某一刻,她们几乎要相信有关大海的传说
多么像水手。她们歌唱,诅咒,祈祷

看呐,阳光正在遥远的大海
有关飞鸟和斜阳,有关鱼和花花朵朵
都在赶来的路上

现在。所有的水都沉默下来
沉默是一直在她心里唱的歌
多么漫长的雨季
鱼要鱼贯而出,她要尖声惊叫

元宵词

元宵。怎么也写不出旧词里的美
他们说这次第岂无风雨。风雨未息
我们等一场太阳的约,等她
盈盈笑语中

也说上元。热热闹闹,把灯笼挂起来
那么多的红灯笼,一串串,一夜鱼龙舞
有时是眼前的灯,有时是心头的火
不是暗尘明月,她的那时元夜
他在。时光在。狠狠爱

也罢。风尘去,风鬟霜鬓
你的眼。她的眸
染柳浓烟,曾说风月无边。到如今
一曲跑题的元宵词。渐次走火的爱
此番风味,应是朝寒露冷,浪花飞遏
声声慢。沉醉

一首做家务活的诗

安顿好花花草草,便开始清理衣柜
衣领要叠平整,裤子要对襟折
袜子一双双绕成球状,内衣放成一堆像蝴蝶
她手法熟稔,行云流水,整理一屋子的琐碎
她心无旁骛,不停歇,光顾每一个角落旮旯
她迈着小碎步,碎碎念,沉醉于尘埃的网
惊蛰已过,春分来临,她种一朵时间的玫瑰
燕子已回时。气温高高低低,忽冷忽热
有暗香浮动。日子深深浅浅,忽明忽暗
她知晓,她手中握着的,那一杯水的温度

你看见大海了吗

儿子不小心打翻了一杯水
水打湿了课本,也打湿了蓝色的桌面
母亲为此紧皱眉头,碎碎念
"妈妈,你别着急。妈妈你看:
桌子上面有一片蓝色的大海!"
儿子清澈的双眼在童话里忽闪
她忽地怔住,她的烟尘琐屑飘摇
她试图去拥抱桌上的大海
仿佛曾经的梦此刻回来
嗨,你看见大海了吗?

爱莲说

儿子迷上了爱莲说
背得摇头晃脑字正腔圆
而我竟然一句也记不起来
唐诗宋词已成了往事
如墙角那把干枯的大金鸡菊
只透着旧时的黄
没有蜂没有蝶没有一丝香气儿
此时窗外寂静,人世依旧汹涌
真实的莲已长成了莲蓬
你取出莲心
熬水,狂喝
要治这长夜的浮躁
还有白天的急火攻心

中年危机

客厅的灯修了很久。
他说:
"可能是短路了
也可能是老化了"

中年的络腮胡子长势汹涌,
在忽明忽暗的光里有些荒芜,
又有些久违的性感。

"我们有多久没接吻了?"
她递过一支试电笔,
没头没尾地问。

手的触碰依稀有些颤抖,
他们的影子,在地面交融,
微红的光,开始忽闪忽闪。

桃花醉

桃花醉不过是一家酒馆

在街边的拐角处,矫情地昏暗着

所有的醉意,更像是一场庸人自扰

夏天的潮滋味此刻还是湿了空气

在春天出走的人,到现在也没有回来

女人依旧鲜丽明亮,在一树假想的桃花里

杯子遇见了酒,酗酒者患上了失语症

她黑色头发上的红蝴蝶结像是要飞起来

不过三杯两盏,欲望便这般沉沦

他回来。他不回来

他会回来,他不会回来

不过三杯两盏,他就这样,一直来来回回

晒太阳

冬天很冷,太阳很暖
看太阳的时候你得眯缝着眼

又或者,你可以到太阳底下走一走
看热闹的人跳着热闹的舞
看寂寞的人抽着寂寞的烟

一些光洒下来像金子,让人发亮
一些光似乎可以触摸,温柔着温暖着
这么熟悉又这么陌生

"咳……咳……"
有光,很暖。她忍住不让自己咳出声来

"咳……咳……"
有光,很暖。眼前这个象声词,要慢慢失去
爆发的可能性

"拥抱一下吧,这光。"
她抱紧自己,连同青春和皱纹
连同确凿的小幸运,还有巨大的美与谦卑

中年禁忌

忽略一朵玫瑰的香
忽略一杯咖啡的时光

她仿佛把某些日子存进了相册
她似乎又把某些日子端在了手里

她絮絮叨叨清理着屋子里发黄的稿纸
劣质的打火机差点烧着她的长发,有点疼

她看着白纸黑字跳着这最后的一支舞
火苗蹿动着蹿动着就钻到心里去了,还是疼

余下的灰烬黑的黑灰的灰
反复地在空中浮起又落下

她摁熄了最后的一星火苗
像是完成了某一种祭祀

好吧,天干物燥,小心火烛
好吧,中年禁忌,诸事皆忌

天桥故事

1

左手握着鲜花右手提着杂物
一边喘气一边往上爬
"天桥那边种着希望,或者惊喜"
过天桥的人总是如此想
天桥颤颤巍巍
一不小心便长成了凡尘里的寓言

2

落叶累积在冬日,写了一个赘词
其实她们只是筑自己的国
她说,每个人都是自己的王
嗯,"此生并未完成"
落叶一直蓄势待发

3

褐色的那片
终于从天桥飞身而下
她在空中划过一道优雅的弧线

然后落在一个女人的肩头

接着便滑过一双黑色高跟鞋

最后,她躲进尘埃深处

周遭喧嚣

她在停顿的异乡歌唱

"请帮我把春天唤醒"

漏网之鱼

网撒下去之后
水面波澜不惊,水底危机四伏
渔人在歌唱,鱼也在歌唱
曲曲皆不同,但是结局已是大势所趋
这生活,大致来说也是一场冒险
或华丽或简约。你看那漏网之鱼
逃之夭夭。暗自发笑
浑然不觉的仿佛是命运
就像日头一次次下到山的那一边
又总是在第二天缓缓从东边升起

下雨天

下雨了
儿子说云又在天空掉眼泪呢
她拧干手上洗好的衣服
挂起来,水一直滴答滴答
滴到地上便没了形
水是真的找不到回去的路了
她却在想着别处的生活
眼睁睁看着那只低飞的蜻蜓
蹿进阳台纵身一跃便杳无踪影

"告诉我哪朵云在飞"

相对来说
一朵云比一朵花来得更真实些
云在天空变幻,任性得像一个孩子

可是我的孩子脸上乌云密布
他背着沉重的书包跳舞
舞台四周,栅栏庞大而华丽
他喘着粗气,做梦也总是急促

他说他喜欢天上的云
他说:妈妈你看
每一朵云都在自由地飞

禁忌生长

她习惯于在花市穿行
并不捧回任何一朵玫瑰
她念叨着儿子爱吃的肉松
还有豆腐干和小鱼儿
她仔细地考究着一棵白菜的新鲜度
用曾经弹过钢琴的手剥去几片黄叶子
或是抖掉一些水分
偏偏有一股花香执拗地透过鱼腥味儿
直直地钻进她的心尖,又稍纵即逝
"这花真香啊!"
她摸了摸自己臃肿的腹部
又惊讶于自己久违的抒情
她自嘲地说到底是抒情还是矫情呢
谁知道啊,人到中年
禁忌也生长
这些带着腥气味儿的烦琐的部分
一直闪着细细碎碎的光
谁知道它是透着生活的真相还是假象呢
不过她没空想这么多
她只想提着新鲜的瓜菜回家

街 市

一边是萝卜白菜豆腐和鸡蛋
一边是鸡爪猪蹄鳝鱼和大虾

吃啥呢吃啥呢吃啥呢
买吧买吧买吧

吆喝声听久了竟然像歌词
讨价还价也像是二重奏

几只苍蝇飞蛾伺机从暗处突围
明晃晃的光却像是刀子

她拎走一把青菜和两条鱼
鱼在白色塑料袋里跳了几下
便再无挣扎的模样

穿　越

太阳挂在玻璃窗外
若即若离，偌大而虚空

被击沉的过往，招摇过市
莫名看见曾经的曾经
也说万箭穿心

一定有什么，在逆流成河
她的奔跑
是镜中的奔跑

用尽全身力气
那么千折百回
终不过是画地为牢

飞行曲

假装飞机的翅膀是自己的
原来你也可以成为天使

他在走道颠簸了一下
高悬的前行总归有惊无险

她在窗口向天空伸出五指
仿佛有种翻云覆雨的张狂

此刻和星空很近
一只想象的鸟飞得越高越惊慌

她想放空的悲喜是一个漩涡
缓缓逆流而上且说行者无疆

还是飞吧这沉浮的梦里他乡
还是飞吧这握在手心的时光

在机场

在机场
稚嫩的儿童画一直在说话
书店熠熠生辉但无人问津

广播一遍一遍寻找的那个人
可能还在迷途

步履匆忙的人群与我擦肩而过
其中一个撞掉了我手中的书
那是一本阿弟的诗集:《路上的踪迹》

突然袭来的偏头痛让我晕眩
巨大的铁的翅膀将要带我飞翔

关于前程我只字不提
你遍寻不着空中的痕迹

在云端

无限接近的白
无限接近的虚空

这一朵是他乡
那一朵还是他乡
握不住,许多愁

也钩一朵云,在手心
仿佛梦境终于兑了现
谁的幻象一重重,终成空
依旧自顾自,沉醉

云端浩瀚,满是飘渺之物
她亲吻周身的影,聚散两依依
她俯身飞起来,不再忆起旧时光

在海边

石头下面有深渊，也有温暖的指引
写满波纹的海面，是折折叠叠的镜子
你伸出手，在异乡，在海水深处
终于把自己捧在了手心

水的情节一直在继续
是那么大的拥抱
仿佛天空揽在了怀里
仿佛世界就走到了尽头
在海的这边，风一样的女子
踮着赤脚飞了起来

眼神要再热烈一些，在海边
打开的贝壳是寻觅千年的火，要燃烧
那些透明的玻璃碎片，偶尔会扎破肌肤
血和刺痛，还有快乐与伤悲，齐齐在赶来的路上
月光洒了下来，海的传说便开始
浮浮沉沉，在人间，谁不是匆匆路过？

终于慢了下来，海水那么咸，心事那么浓
差点就要在礁石间滑倒，战栗
他的身影在眼前闪过，又飞走

海螺没有声响,海草兀自在水中飘摇
她俯身抓一只石缝间的小小螃蟹,又看它溜走
耳边风声细诉,赶海的人还没有归期

海风带着北方的凉意,周身清爽
风说:"让我成为你的夏天吧。"
她不语,她的南方一直热浪汹涌
她知晓这光阴的毒,通通要丢在海的深处
那里是更深的陷阱,是未知的明天
还有风一般的,隐喻的出口。

在海边。

立 冬

立冬一定是个很冷的词
你嘴里冒出的热气
呵成游动悬崖
消失毫无悬念

固执的走和固执的留
都显得有恃无恐
你心里驻着的那匹野马沉睡了吗
冬日荒凉　日子紧迫
假想的篱笆墙绕了一圈又一圈
巨大的孤绝开在路边那丛小雏菊里

接下来　大量的灰要笼罩四野
它将发出暗灰色的光晕　迷茫而温暖
时空静下来
像是被一块梦里的石头砸醒
你在假装到来的春天里傻笑

冰　块

清晨的后院
握在孩子手里的冰块还未化去
妈妈在问你能说出多少个关于冰的成语
爸爸在问你能解释多少种关于冰的物理现象
孩子连连说手好冷好冷，呵气成霜，答非所问
脚下的石头坚硬，如同警惕，如同隐约的回答
空气沉默的时候，明晃晃的阳光透过来
冰花璀璨，五彩光芒只闪了一下，便隐去
这是一个冬天的清晨，备战中考的孩子双眼蒙眬
我们一边教他爱这世间万物
一边又看着他被这个世界裹挟
孩子手中的冰块渐渐化去
一会儿像是眼泪在哭泣
一会儿像是水滴要哗啦啦奔向大海

2015年的最后一首诗:烟火

他们点燃了木头
满城烟火的样子,甚是温暖
零星往上蹿的花火,一点一点地
像出逃的囚徒,你看见了吗
有一瞬间,那生命可不是你说的
"成者为王,败者为寇"
自由像毒药,枷锁也有人沉溺
广场人来人往,有光有影有追逐
每个人都试图遇见最好的自己
而此刻我只有沉默
沉默是那辆旧时的绿皮火车啊
它向我呼啸而来
无数的我被碾碎
像极了这烟火

第四辑

婉转的第三声

爸爸爸爸

梦做到一半,周遭便突然温暖起来
原来是爸爸来看我,爸爸比我还年轻
爸爸着咖啡色马夹,爸爸眼神很温润
他在窗前看我,那么近,却触碰不得
我明明听见他唤我乳名,却无声
爸爸爸爸。我急切地叫出声来
爸爸爸爸。我的周遭什么也没有
是我吓走了梦里的爸爸吗?我沮丧极了
我的梦醒了,爸爸来过的梦里泪水哗啦啦
哗啦啦。哗啦啦。天终于要亮了

清 明

持续地发呆,有些迟钝
不知所以,像个傻瓜
故乡还未近,情便已怯
痛点一直很明了,眼睁睁
扒开一场无力的悲伤
在清明,春风里,伤别离

雨一直下,花开了一树又全落下
长满野草的田埂上再也没有父亲
当时风习习,晃晃悠悠,强说愁
现在,在清明,欲语还休
只亲近一抔黄土,一朵菊
以沉默亲近沉默,以泪水亲近泪水
以双手在空中画圈,以巨大的虚空,击碎虚空

"爸爸应是在天上看着我。"
"他牵妈妈的手,一步一回头,看着我。"
四野无声,耳际噼啪作响,在清明
梦里说过的话仿佛兑了现,幻境重生
她卸下重重的壳,天上人间,来来回回
终于回到真实。她欢喜这梦里的耳语
是秘诀,是一剂良方,是爱,不停歇

是爱啊！爱是永不止息
爱让所有有爱的人永生

父亲节

笑容时常在空中闪现,爸爸爸爸
又那么快消失,爸爸爸爸

我伸出的手在空中画了一道弧线
我的心在刹那间蹦起来又沉下去

我怔在原地,心事炸成一朵烈焰
有关父亲的方言和故事已渐成传说

它们正在褪色,它们斑驳成影
它们环绕着我,有时乱如麻,让我伤悲
有时轰轰烈烈,给我温存,教我爱这世间万物

和疼痛有关的词

疼痛一直在发生
不可言说的部分,在梦里,或在心里
时空有时倒悬,温热的,湿冷的
一个一个的圈圈,像泡沫,散开去

一整个冬天我都在想念逝去的父亲
开心时父亲在空中对我微笑
不开心时父亲也在空中对我微笑
我总是去拥抱这空中的微笑的脸
我又总是两手空空
巨大的孤绝落在肩头,又坠入梦里

夜色也孤绝。她偏执地在黑色的夜里
做一个五彩的梦。当时还年少
也销魂。疼痛一直是个虚词
直到看到绝症中的父亲绝望的脸
直到经年的血色开始发黑
衰老总是猝不及防来得突然
那夜,暗黑的钟声敲了一整晚

但是总不能回头
偏头痛。贫血。心律不齐。忽冷忽热

模糊先是从眼睛开始,然后是这个世界
看得见的和看不见的尘埃紧紧裹挟
疼痛发生的时候,有时你在哭
有时你在笑。但常常是寂静无声

那么尘封吧
陷入夜,走出夜。陷入光阴
走出光阴。唱一首古老的歌
类似《读你》,类似《漠河舞厅》
那么尘封吧

出走的中年常常自动回归
哪怕只是在心里一次次发生
生活最大的玄机是没有玄机
我蜕下重重的壳,抱紧我自己
用爱,用重生,用你还在身边的恩赐
像一尾鱼,总是沉在水底

但还是爱啊
要用爱,成全这世界,这疼痛,这光阴
要它们都齐齐回来,用喧嚣,用沉默
写这一页从未说出口的,冬天的情话

读《策兰诗选》

很难进入他的语境
他的城堡长满触角,烈焰繁花,肆意张扬
他已在命运的那头等了很久
你是蜷缩还是狙击?
哪个词都不是你要的答案
你纠缠在词语背后,虚空就着虚构的禅
春天已经大驾光临,惊喜就着莫名的惊慌
是谁在恍惚间摁下了一直做的那个梦?
万物俱寂,某一刻,类似光阴的暂停键
微红的海棠花在淡淡的玻璃瓶里
蓝色的策兰在万马奔腾的静默里

哀悼日

一大早的风狂吹。她的风流眼
泪不停。顺势又凌乱了长发
鸣笛声声有殇。她不诉
如鲠在喉。乌压压的静默画
一纸黑白。不堪回头

他的白衣如雪,逆行有光
照万物的美。谁道世事无常?
此际已知归处。活成一块碑文
春雷阵阵,莫扰魂灵
把你的名字镌刻,祷词也词穷
子规啼血,大音希声,一曲英雄泪

就这样把你捧在春风里,祭奠
看枝头花儿乱颤,看满树梨花盛开
一片素净的白,你在花海深处,暗香浓
正是清明寒食,也说幸与不幸,千帆阅尽
声声慢。今夜星辰灿烂,许你一身最硬的鳞甲
人间四月,城池苏醒,苦尽甘来

菊

一朵在墓碑前
它说来世今生,两重阳

一朵绣在手帕上
穿针引线,诉哀思

一朵在歌词里
也说菊花残,满地伤

一朵在杯中
它们去火,败毒

高原上的牦牛

至高处的宁静。像大海
平静的大海

一直在拒绝。一直很孤绝
要所有的爱都败下阵来

自顾自地行走。再折返
途中会有风暴。任凭风吹雨打

只吃草,喝水。做蓝天下移动的注脚
挤奶是人们操心的事

晨曦依旧灿烂而温柔
暮色还会很苍茫
是谁在轻轻拍打它逆战的体毛?

要在海拔 4600+ 的高原活成一幅画
要在荒无人烟的旷野里做自己的王

它们。C 位无数
它们。不动声色
就活成了他国的千军万马

沉默的稻垛

走在风中的父亲,身形比风还轻
他念去日无多,拼命地活着
他的手颤颤巍巍,摇晃
他走在稻垛之上,沉默

沉默的稻垛在风中呜咽,影影绰绰
一朵两朵的野花落下,寂静无声
我目睹这一场安静的挣扎,也沉默
谁赐的光阴与毒酒?谁是身怀利刃的归人?

父亲的彼岸。那些风中的自由呼吸,渐次平息
他卸不下满身的风霜
他终将成为,一个沉默的句号
我握父亲无力的手,柔韧着
抿去的悲伤,假装的平静
我们走在田埂上,安静地
饮光阴的毒。以爱,以倾情

祷　词

应是白雾茫茫，在水的那边
应是百鸟齐鸣，像歌唱
唱你最爱的歌。唱你一世艰辛荣辱
影像一边虚空，一边真实
要把所有的心事都放下，放下
要光阴慢煮山河热烈，都随你去
要留几缕灵魂的香，泼墨人间
念你，除却世间疾苦
要星河璀璨，你是你的传奇

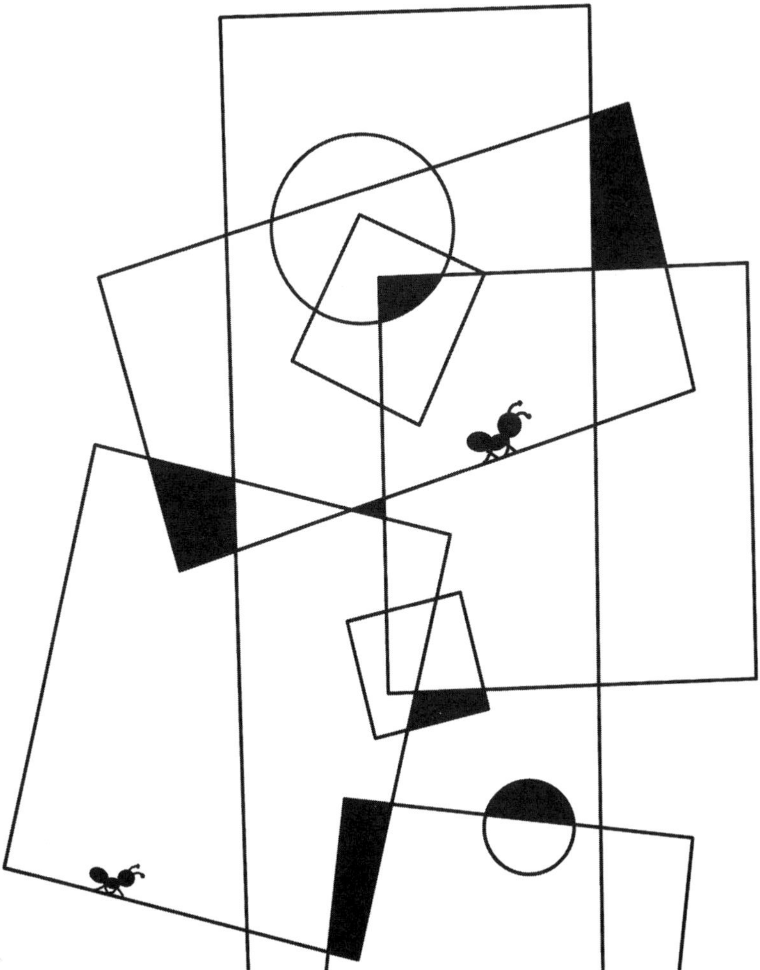

灰

多么好的人间
却不肯挽留我的父亲
父亲教会我看这个花花世界
最后却让我看一场灰飞烟灭
我不敢落下一滴眼泪
怕它淋湿了父亲
这人间的,最后的灰
父亲一定在天上看我
他一边落泪,一边用无尽的灰
将我拥抱

飞 翔

他飞翔的样子
在天空开出一朵莲花

我爱一朵莲花开放时的热烈
我枕一朵莲花入梦、写诗和爱恋

这是一场生活之外的生活
爱恋发生时秘而不宣
隐秘的自由是飞奔的蛾也是燃烧的火

他说这飞翔更像一只蝴蝶

"不,这更像一只蝴蝶"
他仿佛真的已生出翅膀,声音也在飞

"嗯,还真像一只蝴蝶"
莲花的想象开始沦陷,蝴蝶开始跳好看的舞
忘情追风筝的人早已忘了还紧握在手中的线

"是的!就是这只蝴蝶"
不是罗伦兹的那只,也不是
亚马逊雨林中的那只
是飞过你心里的那只
它掀起的风暴美而喧嚣,从未停止

空镜头

原来的花香满径,太完美
风雨来时,摇曳,频回首
一朵长镜头里调零的美,不胜收

人烟已寥寥,惜花的人依旧在
她吻苍黄的蕊,也吻老去的光阴
去日仓促,有些张皇
掉下来的又一朵飘在了水边
美要收起来,和水一起流逝

她小心翼翼跟随,静无言
像一场还有来世的追逐
她知道她身在已经开败的花田
她明白她握住的不过是一个空镜头

还是那朵云

做了一整晚的梦突然惊醒
一瞬间世界过于安静
又显得很不真实

她把头再次扎进沙发
柔软包围。浮浮沉沉
被禁锢的安全感。仓皇的美

继续做梦吧,她依旧在那一朵云里
不断地升起和落下,一边隐匿一边张扬
雪白的云啊,有时给她棉花糖一般的甜
有时又像是一片撒在伤口上的盐

恋　曲

1

多么悲伤,那么相爱的两个人
突然就走成了两条平行线
多少岁月不能回头
平行线一直没有尽头

2

有一种爱,叫作过去式
他唤那个叫作烟花的女子
对她唱"读你千遍也不厌倦"
并不等待回声。他的烟花已冷
没有痕迹

3

那些无眠的焦灼,把夜晚点燃
她在时钟的刻度里转了一圈又一圈
她是在不断地重蹈覆辙
还是在一遍又一遍地重新出发?

4

一树重瓣樱花,花瓣一重重
枝条被压弯,随时有沦陷的可能
美已成灾。爱多么沉

爱是一场欲罢不能的沉沦

5

那片芦苇,还带着冬天的灰
她寻旧时陈迹,等一场花开
灰色的天空亮起来的时候
白马已入芦,四周万紫千红
隐匿的春天一直在急急赶来的路上

关于太宰治[①]

这个帅气的男人
最后死于水

他写《冬日烟花》和《斜阳》
时常恐惧,有时忧伤

他画蓝色的大海
用今天否定昨天,不停息

人间失格了吗?一场温柔的劫
生死契阔,纯粹而犀利

他全盘接收了那些阴郁的花
亲吻着,又亲手捏碎了它们

最后,他笑看人间物外
边走边唱,沉于大海

[①] 太宰治(1909年—1948年):日本作家,投水自尽,主要作品有小说《斜阳》《人间失格》等。

狮身鱼尾像

是一个传说吗
狮子不语
鱼也沉默
它们在水边交响
仿佛从来不曾分开过

他和她从旁边经过
水花溅湿衣衫
他们并不躲闪
只从容地收拾
那些曾经的惊慌

过山车

有时前俯后仰
有时尖声惊叫
拳头攥得很紧
手心一直捏着汗
他们在空中跌宕起伏绕来转去
这起起落落多么像未知的未来

虽然惊险
我还是愿意
陪你翻山越岭　披荆斩棘
人间苦乐　大约雷同
你要一边抓紧羁绊的绳索
一边寻找自由的翅膀
我在等过山车的游戏戛然而止
也等你辗转山河飞越星辰大海

乐高乐园

彩色颗粒缤纷散落,透着光
每一个凸面寻找自己的凹孔
略带弹性,只需稍微挤压
便可完美结合,生成人间童话

也有遗失的几颗,找不到自己的家园
少年的烂漫狂欢,早已掩盖失落的忧伤
那些搭建好的桥梁,夺走大把童年时光

一种叫作乐高的积木,努力拼装新世界
又复杂又简单,仿佛长大成人
痛并快乐着,和纠缠的世界握手言和
你看太阳照常升起,灿烂而炫目
一边照着乐高乐园,一边照着失乐园

中元节

那些灯火,闪着灵光
也说火树银花,在中元
空中的母亲笑靥如花
她爱我,她对我微笑
她的笑在坟头开出一朵含泪的花
我又一次梦回从前
那里深渊万丈,又孤寂又喧嚣
那里树梢明亮,烙着金色的光

在海边
——看安东·阿纳多里耶维奇·奥夫相尼科夫油画《在海边》所作

孤独的牧马人穿过丛林
孤独的牧马人来到大海边

他静默时大海也静默
他歌唱时大海掀起了浪花

浪花上上下下翻滚,归于平静
他久久伫立,不被一只飞鸟惊醒

白色邮轮并不是他的远方
他把行囊背起又放下
他稍做停息,继续劈柴喂马
他一直在大海边

奔跑的云

大片的云飘在窗口
近到触手可及
转瞬又飘得很高

它们一身雪白，穿越山河
它们一身火红，像在燃烧

它们多么自在
飘着飘着便杳无踪影

它们多么犀利
顷刻化成雨打湿了奔跑的你

假想蝶

图书馆的后面是一座大山
我看书的时候不停地想回头
一会儿看看树木
一会儿看看花草

后来书中的人儿陆续出走
他们在山头窃窃私语
仿佛拿着神的谕旨
一会儿笑我傻
一会儿笑我痴

再后来一只假想的蝶从窗口飞来
她低头不语
轻轻就把身后的山压在我心里
又扇动她柔弱的翅膀带我飞翔

蓝色的桥

天空备好了云朵
耳朵备好了音乐
大海备好了蓝色的桥

一直很寂静,蓝色的桥
等你经过,纯粹而自由
等风吹来,尘埃也温柔

蓝色的桥,一直很寂静
相恋的人在桥上放开了彼此的手
他们拼尽全力地拥抱和别离
看着爱跌入深渊,不能回头

绿皮火车

火车是绿色的
火车票是红色的

绿皮火车长着老成的脸
绿皮火车带着鲜衣的少年

有人在看一本发黄的书
有人在贩卖伺机重返的旧时光

有人坐一站就匆匆下车
有人找不到一直攥在手里的车票

每个人都有既定的前方
每个人都有确定不了的远方

绿皮火车晃晃悠悠
绿皮火车一直颠簸不休

你得小心你杯中的水
还有那颗跃跃欲试的心

美兰的雪

有一个叫作美兰的地方
椰子正静静地看着你,用纯白的目光

那些海边的风一直在说话
你只管往前走,没有墙,大海啊故乡

听说北方下起了雪,大片大片的雪啊
一定要开出所有雪花前世今生的美

现在我在海边,现在我回到你身边
星河与山野,牵绊与纠缠,你和我

那些贪恋会一直开花,那些温热的灵魂的火花
这些大海的孩子,这些未名的、喧嚣的日子

疼痛。在体内不断盛开又不断老去的花
海水远远地咆哮着,它们要唤醒这所有

它们要唤醒这所有
交错的、混乱的、不断出走的明天

而我的南方的雪,一直隐形的雪
它一直在你的掌心,坠落和升起

她的诗里没有爱

——谁被爱命中，谁就沉沦

悬在树上的鸟窝，真的很危险哪
温暖堆积的时候，每一根树杈其实是冷的
鸟儿在冬天并不多说话，它们蜷缩，拥抱
吃并不多的食物，颤颤巍巍
和几只倒霉的虫子一起等待春天

莫非春天的诗里就会有爱？
冬日荒凉，雾色苍苍，巨石形如鸦
她长时间坐在一块石头之上
为一只陌生的鸟，同情、怯懦、快感
或是虚荣所误
长时间地写不出这个冬天时隐时现的温暖

但是，谁能对这个命名为爱的字眼当之无愧？
爱被击倒之后，巨大的灰笼罩
只偶尔在某个瞬间闪着的光华
便足以令她晕眩
她看见自己和一只鸟相同的艰难
她的诗里没有爱
她把仅有的光和温暖揣在怀里，继续埋头赶路

重 生

她撞倒了一面镜子
镜子炸裂成一朵偌大的花
又破碎又美丽
无数面镜子在地上照自己,不依不饶
有的镜面像一个怀抱,复制粘贴了自己
有的镜面像一把刺刀,割破撕裂了自己
她努力拼凑的微笑怎么也完整不起来
她努力捂住疼痛,要寻找水洗刷伤口
要在镜像深处百转千回,重新捏一个自己

风 声

风突然就在半夜吼了起来
它们刮得急切,有些火急火燎
这春天闹腾起来多么像个孩子
你熟知的春暖花开突然便带着惊慌
桃花落下樱花落下梨花落下
花儿飒飒归去,春夜也荒蛮
春天的每一根羽毛都被撩了起来
我被风声惊醒后便再无睡意
我知道春天盛大
我在等天明时花儿依旧在春风里盛开

春　讯

狮子山的松果又落了一地的时候
鸟儿们叽叽喳喳去觅食
它们在树缝里的天空飞,像舞者一样美
藏匿在枯枝堆里的新芽终于探出头来
它们在风中娇羞,问询春天
我们曾经牵手坐过的石凳依旧在
凳子有些冰凉,还需要时间来预热
你看,现在阳光洒了过来,有些细碎有些柔软

我确信这是你需要的,最好的光阴
它们清亮透明,简单地美
它们带着冬的宁静,又有温热慢慢漫过
如同你心里从未停止的
春暖花开万物生长

迷　路

一朵花在城市森林等待归途
一尾鱼跳出水面像传说

她在黑夜穿绣星星的长裙
她带着星空走在雾霾之中

有未名的鸟嘶哑着划过天空
有铁笼子里的鹦鹉笑语啾啾

发动机的声音在马路上一波波涌动
快递小哥的吆喝如同这城市的号角

混搭的喧嚣唤醒你的白昼
"嘿！醒醒！"

又一个路口横在前方
你突然忘记自己要去向何方

借着微弱的光不断提醒自己
要忍受不期的麻木、刺痛，或是

空空如也。空空也罢

你还是要继续前行

像一朵花等待春天
像一尾鱼回到大海

再见昙华林

再一次见到的昙华林
淹没在人海

做旧的门脸,鲜皮囊
雕花的屋檐,无新燕

徐刀刀的鲜花饼香气未泯
紧挨着的铜锣烧热气腾腾

他在大水的店等一杯冰咖啡
她在试一条叫作"叙旧"的碎花裙

自拍的女人自顾自地重返青春
卖火柴的小店住着有故事的人

一条贩卖旧时光的老街
假装的穿越,越来越像剧情

他在你耳边轻声说:回来吧回来吧
我想把自己丢回记忆却找不到归途

昙华林尘土飞扬,谁家的蔷薇蹿出了墙

昙华林复制的美,这么优柔又兀自嚣张

路口那只假蝴蝶正扇动它黑色的翅膀
仿佛要惊醒所有做梦的人

生日碎碎念

属于七〇后的生日
关于年纪是绝口不提的

这一天依旧收到红包、鲜花和礼物若干
也照常发现皱纹、眼袋及掉下的发丝数根

生日蜡烛滑稽地写着 18
也算把生活调侃成了年轻的模样

桌上有儿子爱吃的五谷杂粮饼
心头是有关悲欢的五味杂陈

生日的歌还在轻轻地唱
生我的娘已经不在人间

我用力去拥抱
我假装看见母亲在空气中闪现

他拥住我的双臂
他抱紧我耳语说亲爱的回来吧

我吹灭蜡烛也吹灭念想

我看见的火花最终燃成了烟火

空气突然地寂静
有花香适时从窗口飘了进来

一朵花在尘世的喧嚣是开始也是落幕
愿日子风平浪静你也要波澜不惊

回乡书

一

先是到屈子书院
蓝墨色的院子上方是灰蓝的天空
灰蓝的天空不断有鸟儿飞过

鸟儿有时离天空很远
鸟儿有时离天空很近
像我们曾经走远
像我们终会回来

嘿,屈子你好吗
嘿,老同学你好吗

还好,故土安然
还好,大家安好

二

出屈子祠下坡
便是旧时荷塘
荷塘暂无月色

荷塘有成年的香

你撩起衣袖
去摘记忆里的那朵莲
她眼角新增的鱼尾纹
仍透着当年的恋恋风尘

一滴水在荷叶中央荡漾，回旋不息
一只鸟飞过水面又忽地扎进水中，天空不语
一些动静掠过我们的眼睛再穿过我们的身体
最后沉寂于心底

你寻找的当年疯长的水草早已被收割
他一直在想同桌的她如今嫁到了何方
水面依旧静默，静默像一首被打断的诗
有时你的故乡零落他乡

好吧，归去来
来来去去归去来
只说近乡情怯
你还是那个你
我还是那个我

三

回去的路并不太长

但经过你的老家便走了很久

他国的她惊声尖叫我回来啦
他在唱他乡的你你你你还在想家吗

天空很大,它们见过你奋不顾身去爱的样子
雨点很缠绵,它们打湿过你哭过笑过的样子

一片云因为飘在故乡而生动起来
可是风仿佛去了更长更远的地方

她唱完《我只在乎你》之后开始唱《半壶纱》
他喝完杯中酒之后又喝了满盏的枸杞和菊花

蓝墨水河的尽头是淡淡的炊烟
此时的夏日遍布迷迭的香,暗语铿锵

嘿,我回来了
嘿,我回来了

让课桌上曾经刻下的名字都翩翩起舞
让故乡的前屋后院都开满鲜花

现在,让我们重逢
还你一个你
还我一个我

漩　涡

第一次亲近黄河水
脚步竟然有些惊慌

河水湍急　漩涡迭起
如同梦境在明晃晃的太阳底下升起
又落下，大把大把的光阴瞬间拧碎
又被带走

现在你在哪里？

漩涡。黄河口的漩涡
一个又一个的漩涡

你笑的时候漩涡便是一朵花
你哭的时候漩涡便是一场雨
你在，便是一道惊心的电光石火

现在你在哪里？

黄河口黄土漫漫尘土飞扬
有人俯身下去想掬一捧水

水总是从掌心一点一点漏尽
满手泥沙只给你唏嘘的温存

亲爱的,我一直在漩涡的中央
现在你在哪里?

武汉夏日

阳光在正午的时候最烈
天空在正午的时候最蓝

我的白色玫瑰一夜怒放
我的蓝色绣球一夜焦黄

所有的云都从梦里蹦了出来
只有头顶的那一片
那么像白马,要带你出走

夏日那么长,夏日这么短
一千个你在空中驾马飞奔
一万个你留在地面孤身一人

那就去贝加尔湖吧(组诗)

安加拉河畔

我记得它叫安加拉河
名字念起来平缓而温柔
像黄昏时撒在河面的斜阳
河面透着薄薄的金光
河水缓缓流淌没有声响
那个异乡的老人撒开了手中的网
他想网住安加拉河里的雅罗鱼
我想打开网里一个又一个的结

萨满岩

萨满岩中曾经住着阿尔泰的神灵
萨满岩上现在坐着牵手的恋人

有人在萨满岩下找石头虔诚不已
有人往萨满岩下扔硬币念念有词

硬币掷地无声却道万物生长
萨满石沉默不语但说万物有灵

此刻的黄昏彩霞飞舞
此刻的萨满岩遍布小欢喜
它是萨满巫师最后的庇护所
它是一个旅人现在的温柔乡

利斯特维扬卡小镇

在利斯特维扬卡小镇
适合看陈年的浮木飘在湖边像一场老风景
适合看五彩的木头房子错落在森林像童话
适合看小镇唯一的街道活色生香成最美人间
适合大口吃烤肉串手抓饭还有烟熏雅罗鱼
适合在湖边的咖啡馆或是沙滩上
读一位陌生的朋友寄来的《小镇来信》

渡　口

乌青色的船还没有抵达
渡口的等待具体而急促

背包的男人面向贝加尔湖
他的背影像一只负重的鸟
过了这个渡口
他就回到了家乡

2017 年我所到的北方

1

北方的模样
一棵树的模样
灰色的模样
我反复端详
最后发现自己也是灰色的
可是这有什么关系
鸟雀安稳河水冰冻
人们大都生活得认真而仔细
他们甚至忘了看看天空是什么颜色

2

有时候
每一刹那都像一个奇迹
就像那堆枯枝横在街角
麻雀却飞来落脚安家
谨慎地，谦逊地
如同人们常常架起了樊篱
缚自己

3

安静的小平房是越来越少了
所幸得见的芦苇丛在风里招摇
我努力忽略它身边成堆的各种垃圾（工业废料）
像一只抗寒的鸟，渐次习惯这暮色苍茫
仍能嗅到花香
城市野蛮生长的力量
正是一朵花，逐渐隐入云端的力量

4

今年的收成比往年又多了些
成堆的南瓜、蚕豆、麦子
终于在舅舅的几亩地里跳了一支圆舞曲
但这些并没有抹去舅舅心头的忧伤
村里那些五谷不分的年轻人哪
他们在城市的霓虹灯下拼命奔跑
像蝴蝶，却不时飞进蜘蛛的网

5

太阳一直挂在天空
神谕一般隐匿又通透
它所照耀的河流、田野、房屋
都穿上了冬日的新装

在北方，呵气成霜的人
被阳光淹没的人
谨慎过着每一天的人
都在无限接近透明的灰里
万物静默　万物灵长
《吠陀经》说：
"一切知，俱于黎明中醒。"①

6

扁担郎的缠糖又开始叫卖了
那些黏稠的糖浆反复缠绕
越缠越白越缠越硬越缠越美
它们散发在寒风中的琥珀色光芒
是穿着糖衣的天使的光芒
有糖吃的孩子是如此地快乐
他们手中的糖棍一直搅啊搅
终究还是把这浓浓的甜滋味
深深搅进了我的
北方的日子深处

---

① 印度波罗门教的古代经典，共四卷。

关于雪

1

雪,类似一场虚构。
她曾经来过,又不留痕迹。

2

雪飘到哪里都是雪。
在他乡,她的雪花飞舞。
她的雪白甚于雪的雪白。

3

哪有时间唱那首《时间煮雨》
要用尽所有的力气去拥抱白发和皱纹。
他一直在奔跑,周身呵气成霜。

4

雪并没有如期而至,
应景的人在想象里满载而归。

5

雪花是不是也是一朵花？

每缓缓飘下一片，白色的精灵就轻轻歌唱一次。

6

他说白马入芦，他说银碗盛雪。

最后，他说：掌心化雪。

第五辑

等一场燃烧

旧挂历

谁赐的梦想和毒酒
把我扔在了一本旧挂历里

最后
是谁撕掉了它

冬天适合说情话

1

黑暗里的一点白光,一直在奔跑。
暗自纠缠。夜是一抹白天的黑。

2

我的冬天。
抱着暖炉还不够,抱着你才行。

3

他们说空气是那种撑起翅膀的东西
不,空气是你。
你看到我的翅膀了吗?

4

花期越来越长了,
一朵花努力开成春天的模样。
天寒露冷,她要安慰冬天。

5

一群鸟在午夜时分飞过天台,
它们拥抱天空,像星辰坠入大海。

6

梦又在梦里醒了过来,
它们好像并不接纳我的寂静。
我的脸颊灼热起来,想燃成冬天里的一团火。

7

夜终于有了夜的样子。
夜并不漫长,使它漫长的是无尽的梦,
是那团摇晃不定的白光,是那用手轻轻一碰
便纷纷掉了一地的干枯花瓣。

生日快乐啊亲爱的

要假装有雪,天地一片洁白
那个人是圆心,他在她的世界中央

要像一棵树亲吻另一棵树,枝蔓充分伸展
又互相缠绕。他们在寒冷时做了彼此的火

要有烟火漫过厨房,锅碗瓢盆纷纷作响
勺子在碗里,汤在锅里,她在等你

生日快乐啊亲爱的
爱是那漫天的雪花,你看见了吗
她化身为无数的雪,飘向你

秋日私语

抬头看见的云,瞬间便化为无。
我突然有些慌张,这满眼的苍茫,
把梦又掏空。
树上的叶子又变黄了一些,
它们送来秋的讯息。

有时,你会随一片落叶在风中飞。
多好的秋啊,我要飞向哪里?
有时,你会捡起一片地上的叶子。
多好的秋啊,谁会把我捧在手心?

2018 年的雪

1

她来过
用最白的纱亲吻人间
白昼很亮,一直亮到夜色来临

2

梧桐不再寂寥
她的身上铺满白雪
你轻轻一摇
雪花便要飞走
树下一片水花,梧桐泪

3

今年的雪比任何时候都要洁白
一片雪花落下
另一片便急急地追了下来
后来她们齐齐坠到地面
她们的爱多么像一个深渊
就这样拥抱着被彼此埋葬

4

她还在
在你温热的掌心
在你呵气的唇边
像一朵雨做的云
像飞蛾扑进了火
此地,此刻
刚刚过去的此地,此刻
"美乃是其自身的证词。"

他们俩

客厅的灯又坏掉一个
他在修灯
她在看他修灯

灯光一闪一闪的时候
世界似乎也一明一暗起来

她要这灯火通明周身温暖
他要这灯火一直亮到她的心里去

秋　日

秋日，果实等待坠落。
落叶寻找归途，一群蚂蚁急匆匆，
前方可能是障碍物，也可能是落脚点。
炊烟升起的地方一片亮光，雾茫茫。
很快，落叶就铺满一地。
我还在向你奔赴的途中，
如果我累了，或是迷失了方向。
请记得敲醒我，以一片冬天的雪，
以一片白色羽毛，寂静飘落的喧嚣。

迷 局

一群蚂蚁在秋天光临我的窗前
它们移动小小的黑色肉身,轻盈
它们排兵布阵,行走
撞到南墙便回头,接着走
偶尔掉下去也没关系,歇一歇再走

蚂蚁蚂蚁你要走向哪里?
我不忍把窗户推开,像梦要在梦的边缘滑落
蚂蚁蚂蚁你要走向哪里?
如果此刻吹来风,风要在风中扫荡
人间秋色正好,蚂蚁还没回家

现在,夜色即将来临
黑色混沌之中,蚁穴的迷局可能近在咫尺
有些梦被摁了下来,蚂蚁已悄然归去

爱情故事

她的朋友圈一直有故事
她的"说说"总是有头无尾
有一天她突然停了下来
在十字路口,空空如也
却明明立着无数的墙
人来人往,众生周旋
她的指尖渗着灰色的烟火
划过去便是一场鱼跃的喧嚣
只有她知晓
鸟儿飞过的天空已没有痕迹
死心塌地爱过的人并没有回头

是的,我爱你

1. 身体里的疾,其实是和心纠缠在一起的

2. 我爱你。这个命题本身带着伤

3. 那个人傻傻地,一直在原地等待
   是谁说,你会从终点回到原点?

4. 冬天的石头并不比夏天冰冷
   但它真的很坚硬,爱曾经优柔地来过

5. 我迟迟不说话
   我的笔端一直是陈年的隐喻

6. 有什么比这一点点的阳光更温暖
   你看,那芦花已默默地白了头

7. 阳光灿烂,遍地金黄
   尘埃尘埃你要努力歌唱
   我来这尘世一趟,只为看你一世风华

8. 没有什么可以阻止
   我像空气一样,稀薄又偏执的爱

但它无处不在

9. 是的,这快要窒息的感觉
常常提醒我我的存在
是的,我爱你。

对　戒

他手上的戒指
丢失了很久

她的还在
只是已磨平了棱角

关于爱情
从此绝口不提

这就是戒指啊
那么小的圈圈
那么大的圈套

"拥抱吧爱人!"

那朵白天的云浪迹了很久
它在傍晚沉没,身着五彩衣裳

仿佛最低处的人间跌入梦境
仿佛万千盏灯火从喧嚣回到寂静

她陷入一场云的缤纷逃逸
他在守候暗夜的漫天星光

这个叫作时间的词
给你蜜糖还是砒霜?

暗夜喋喋不休
"拥抱吧爱人!"
抱紧我连同我的影子

玫瑰总是在梦里开得美艳
它们凋零的时候我就醒来

"拥抱吧爱人!"
不要让暗夜带走我们的影子
她说这尘世所有的小欢喜
都抵不过身边一个你

心电图

你能听到我的心跳
你还能看见我的心跳舞

此时我像一个俘虏
而你把我画成了一段五线谱

我看不懂所有的术语
关于心律不齐，关于心动过速，还有 ST 波段
这一纸的凌乱和慌张啊

我亲爱的心房要无坚不摧
我亲爱的自己要抱紧自己

你看这心电图里的自己
一直在战栗，又一直在歌唱
一直在起起落落，又一直在默然前行

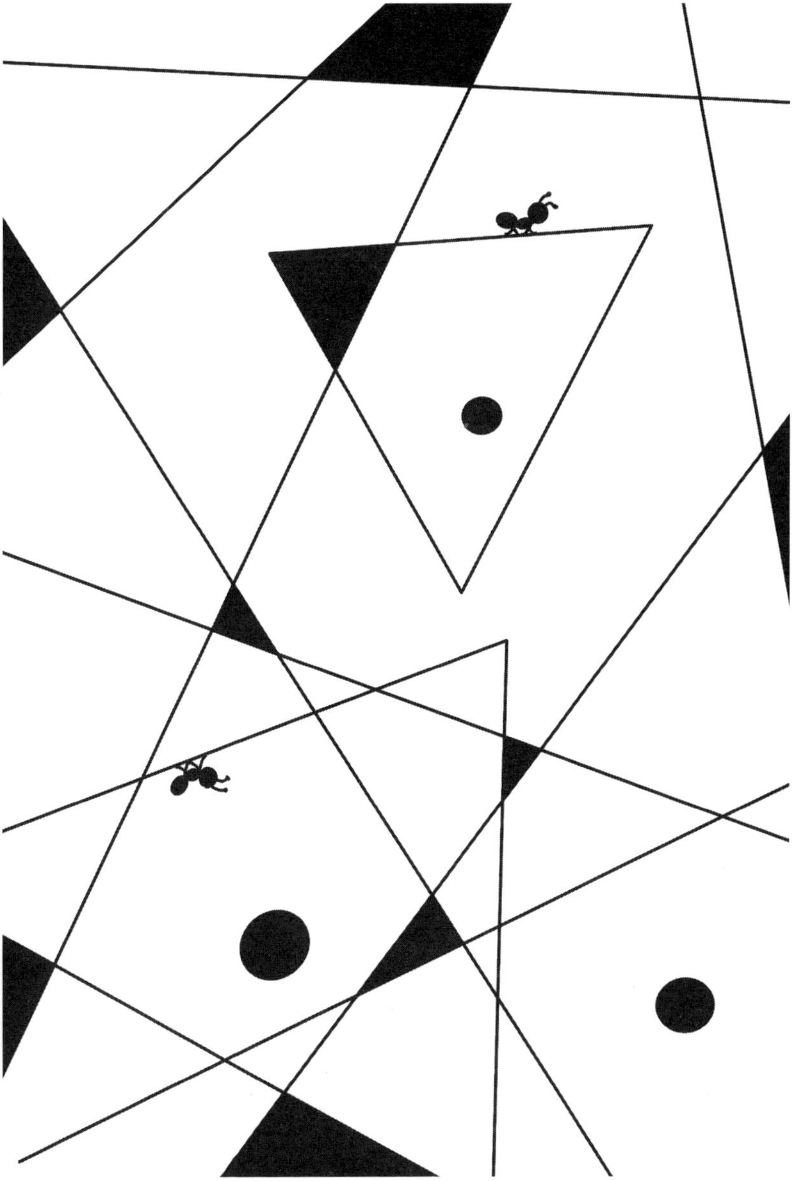

我的手心没有雪花

这来自天上的花,洁白而柔软
它蹿入你的手心,扑朔迷离又闪烁其词
它在你的手心跳着舞,转眼又寂静无声

这相遇多么像一场甜蜜的阴谋
你两手空空,用尽所有的温暖
看它如何从天而降像一场虚构
等尘埃落定等到这一碰即碎的结局

小雪说:
这手心里的爱是赐我的毒啊
我的此岸原是你的彼端

夜未央

"散了吧！散了吧！"
是谁在清唱一首老歌
反反复复说散了吧算了吧
仿若她收集了一整晚的梦
还没开始就散场
仿若沉睡千年的美人鱼现在才醒来
而流水早已消失在远方
她的眼角开出一朵枯绝的花
她的夜色华丽而忧伤
在水的一方，在夜的两端
一定住着不为人知的自在与安详
还是散了吧算了吧
睡不着的夜里写着五彩的黑
失眠的人读无声的灯火
有时在云端，有时在风中
一点一点升起，摇曳，又坠落
多么热烈的花火，在暗黑中炸裂
左边是细碎的亮光，右边是淡淡的清香
这些夜的精灵，它们都在等黎明
黎明来临它们就消失，消失在你回望的目光

停 顿

1

刻意的停顿,屏住呼吸的那种。
天地暗了下来,心里明亮起来。
有些是刹那。有些是永恒。

2

多么荒唐的事啊。我们总是怀念过往。
当下的此刻,正在被下一秒念叨。
记忆总是爱回头,爱总是忘却爱。

3

你看,那一堆花花绿绿的丝线,
一直在一场剪不断理还乱的
纠缠里。

4

很多时候爱像病毒,四处蔓延。
有谁见过爱的模样?

她不说话,感觉被刺痛,又被拥抱。

5

她勾一堆色彩艳丽的花,
看一场永不凋零,只说人间曼妙
你要安静地,闻暗香。

稻草人

冬天的夜总是来得早一些，
有灯的地方总是显得温暖一些。

一片叶子似乎可以飘得更远，
遇到风雨也就落了下来。

沉默的稻草人还在田野坚强，
曾经的飞鸟早已回到了南方。

走吧，走吧。
亦步亦趋，一步一回头。

没有围墙的城市，
内心一直在设防。

沉默的爱

钩了几朵花,就当它是玫瑰。
一场绕指柔,一堆不用解的结。
也暗自芬芳。

你来过,又忘却。
像落叶从窗前飘过没了踪影。
像月光薄薄地洒在桌面,你却触不到它。

我沉默的爱,很狂热,从不停息,是真的。
我的内心有一团火,在燃烧,也是真的。

出走未完成

尝　试

阳光从东边窗户穿进来
照在大厅的黑色桌椅上
黑色的铁艺桌椅仿佛在万般静默中醒了过来
一抹金色的光,像印记,亮闪闪
她揉着刺痛的双眼,尝试挪动那把黑色雕花椅
沉沉,太沉沉
突然就想起那篇叫做《耳光响亮》的小说
她面红耳赤,有些酸楚
被禁锢的和试图离开的,是身体还是灵魂?
她也开始万般静默
静默在金色的阳光里

消失的答案

穿过语言密室
最终抵达心里的海
翻腾。不停息

很远的地方有音乐传来
有人柔柔地问:

你看到那朵盛开的玫瑰了吗
遍寻不见,她的玫瑰
她消失在风里

海面风平浪静
那些曾经说出口的话
不曾在风里留下任何的痕迹

春风 403①

1

他说他要找春风
但找着找着就把自己给找丢了
一个孤独的老男人一直在暗黑的剧场吟唱
春风里。春风 403。春风已来
但偌大的人群全然不知
他们醉在自己一重又一重的执念里
他悄悄转过身,摁了摁烟头
谨防某些火花死灰复燃

2

这里已早无青春疼痛
原来折腾过的时光大都掉进了沙里
于是只剩了这大把大把的文字
捏成泥,揉成土,开出你想要的每一朵
人们念着这些有颜色有光泽的词
神态各异,心怀叵测
浮夸。飘逸。纠缠。落寞。欣喜

---

① 403:指武汉市武昌区 403 国际艺术中心。

在云端。在水中央。在火的深处
末了,那个弹琵琶的女子开始尖声惊叫
她脱去那件妖娆的红色小碎花长袍
像一朵云,奔跑起来

3

红椅子剧场
聚集了大部分的女人
她们听大部分的男人的诗
眼神大都淹没在各色灰里
耳朵大都飘浮在各色音阶里
一个叫作钱省的男人正在读一首
"我会带着这把椅子"的诗
那个着黑色长裙的长发女子
看上去有点小忧伤,仿佛是怕自己迷了路
她下意识地,把屁股底下的红椅子
轻轻地坐实了

4

春风403。留白画馆
那些诗
那些带着化学意味的晕眩
那些从暗黑深处散发出来的光
他们都在寻找一个关于春天的词

后来，风来了
风说：
"我没有什么特别的地方要去
我一直活在人群里。"
玫瑰低下头去，她已经喘不过气来了
而此时，一树一树的花正在漫天飞舞

城市之鱼

下着雨的水乡。我们呈一尾鱼的形状呼吸。游弋
未卜的前程显得繁忙,不定期积郁着内伤

鱼。出走的幻象似乎和整个夏天的炙热有关
和那些流动的水有关和那些纯净的相遇有关

我日日担心那些藏了又藏的梦依旧要被灼伤
我喜极了暗夜里那些萤火的点点亮光

鱼。我穿上我闪光的燕尾裙我戴上自己虚构的头纱
独自美丽。独自呓语。不分时节。喋喋不休

水缓缓滴下。整个城市被洗涤的渴望正在蠢蠢欲动之中
经历一场雨之后。被时光偷偷磨光的那些棱角不再分明

梦想要多远有多远。我们熟稔的自己从不在这个城市盛开
鱼。在这个夏季的迷离不过是一场缤纷逃逸

纪念我们所谈论的爱情

温柔,这个软绵绵的词
它逼迫我卸下所有的武装
只是因为我是女人
爱情附体,灵魂便再也没有出窍的时候

今夜,我要在谁的眼里落地开花?
一滴水掉下去之后,碎了一地
水的情节一直在继续
碎了一地的水仍在想着回去的路

他告诉我有关他到过的拉萨,仍像梦一样
那个在风尘里永不停息的转经筒
转啊转啊转啊就转成了一抹经久的霞光
只照曾经拈花微笑的日子。可是记忆
这个该死的词,仍是一只不眠的虫子
又开始了它肆意的飞翔
我们无可逃遁
与依然未知的明天紧密相连

海 鸥

在巨大的蓝色风暴里
一群异乡的鸟纷至沓来
它们食撒在浪花上的面包屑
也闻你手上的花香
这是最低处的人间
这是最近的梦乡
天遥海阔　众人皆在迷途
而你被命名为一只鸟
要飞翔

星星都去哪儿了

那个伤了心的人
手里捧着大把的满天星
白色的满天星有些枯萎有些落寞
她怔怔地，反复念叨：
满天的星星它都哪去了？

是啊，满天的星星都去哪了？
白色的满天星不说话
满天的星星也不说话
孤独的人大抵如此
爱过的人大抵如此

风的君王

本是一场私人爱情
腻在了风里
但那个叫作阿多尼斯的男人说
"我爱,我生活
我在词语里诞生"
没有什么比这更具诱惑的了
爱情也是天空的华盖
他在天黑之前风干所有的玫瑰
他给星星点灯并唱一首老情歌
他身边飞过的鸟儿扑腾了几下
便没了声响,万物灵长
他和一只小鸟抖落悲伤与疲惫的时间
比风语中的想象要长很多很多

请捂住这突如其来的爱情

像一串萤火虫的光
很弱小,忽明忽暗
它在暗夜飞舞,又闪着白昼的火

那个手持玫瑰的人
总以为握住的是爱情
自顾自地所向披靡,惊心动魄
仿佛时光不老,梦一直都在

但鲜活很多时候是一个动词
萤火在飞,月亮在走
玫瑰在凋零
爱情常常突如其来
你捂紧胸口
猝不及防的爱生长着疼痛
他送来又一枝玫瑰
而你在等一杯忘情水

"我的灵魂一直在说话啊!"

树叶往下掉的时候
告别的舞跳得辛酸

树叶贴着泥土的时候
拥抱也显得刻骨铭心

树叶正一点一点地消失
腐烂的命运像一场演出

她用尽所有的力气呼吸
坚韧而谦卑,柔软又悲伤

六月,写给毕业生的三行诗

伤离别

这六月的疼
是长在身体里的毒
关于离别我们彼此心照不宣

幸　免

这么快就没有了随遇而安的勇气
只说无所谓也不过是另外一场逃逸
关于离别我们最终还是谁都不能幸免

幻

思念总是让人招架不住
于是我给自己装上了翅膀
爱从不出走,只随心飞

花　火

一场有关爱情的花火
一直囤在记忆的某个角落

我们用它在某个很冷的时候为自己取暖

五线谱

四年来一直在写的那个曲子
此刻要放声唱出来
这个季节的爱仿佛越是隐匿便越是嚣张

诺

哭的声音笑的声音六月的声音
她的影子你的爱情离别的青春
是什么在这夏夜的暗香里许了你一生？

她

她坐在开满小雏菊的湖边
她走过有蝴蝶飞舞的窗前
她一直在我心里招摇过市

还是她

月亮的指引和你的味道有关
鲜花的暗语和你的影子有关
而我的世界只与你有关

你的味道

半颗糖的味道，无穷尽折腾的味道
我打开你的世界之后，转过身
便像是过完了一生

忘　却

遗忘一定是一件很奢华的事
牵过手的那些温柔，终究敌不过时光
她渐次冷却，忘了那些曾经灼人的目光

落　叶

梦境一直若隐若现
像一片在风中转了很多圈的叶子
她固执地跳自己的舞，在刹那完成一生

给你的绽放

那些欢乐太遥远
我只做一朵你触手可及的花
等你回头，等你看我低回而灿烂的开

再 见

庄周的蝶。在某一日回来
她握他的手。温柔地说再见
从此。时光再也不曾流转过

一个中年女人的素描(组诗)

她的无尽夏开花

她们开得喧嚣,一团不安分的火
安静的蓝,哪堪折,又寂寞又拥挤
娇羞的粉,雪色的白,不过是隐喻
无尽夏花开,一重重,风月无尽

突然就心动起来,一场花事了
她吞大把的药片疗伤,仿若安慰剂
花未眠,开成夜的治愈系

悲伤的时候吃颗糖

她点了一个叫做沙漠卫士的甜点
然后一口气把它吃下去
仿佛她就是那片沙漠的吞噬者
她把沙漠、满天飞尘、荒芜装进了体内
她做自己的绿洲
她对自己说功德圆满

又掉发了啊

在浴室，几缕掉在地上的头发
孤独而妖娆
它们湿漉漉，寂静无声
有一根还挂在她的嘴角
她紧咬着唇，毫无知觉
这头发，多么像是一个
曾经爱过的人

剪　枝

手持剪刀，剪掉枯枝
也剪掉多余的叶
她轻轻念这个杀手不太冷
是啊，春天多么温暖
一朵花的盛大绽放
源自一场植物的相爱相杀
花间暗香澎湃，心中暗潮汹涌
她怀抱一朵花，有暗香盈袖
她依旧看到爱，在春天疯长

她的烟火

她不止一次穿过菜场
提着小碎花篮子
买紫甘蓝，土豆，白菜

还有开了花的菜苔
凡尘锦瑟呢
糜鹿正在找自己的家
鱼也很快乐,并不问归期
她提着一篮子的人间烟火
自已醉

光路可逆

每一次的停顿,都停在时光里
仿佛是光的逆流,在心里逡巡
"光路可逆啊!"
她念儿子刚学的物理知识
她用亲爱的竹篮打水
要不动声色,填那片心里的海
要捡时光的漏,把丢失的梦一个个串起来
光路可逆啊,总有一天
所有的光终会聚成火,热烈燃烧

一个女子的夏天

1

一束鲜花。后来是一束干了的花
显得枯燥,又有些落寞
偶尔掉下来一两朵,粘在了谁的脚上
辗落成泥

2

好吧,这重复出现的影子
它一定是着了魔
而我,只是在鬼节
悲伤地看了你一眼

3

再往前是一个死胡同
再往前是一个死胡同
"死胡同死胡同死胡同"

可是没有谁听见那个疯子说话
但是那又能怎样呢

就像车轮有车轮的命运

你要去撞南墙
我还在念着咒语

4

夏天就要结束了你知道吗
一屋子的艾香还未散尽

但智齿的疼还在
她因为疼而忽略的夏日香气
开始力不从心

不过也没什么关系
她闻过花香，也钻过死胡同
她浅浅一笑，夏日便已圆满

亲爱的

飞起来。像梦一样
爱一个人,就一个
这世间一无所有
这世间应有尽有

在冬天的试验田看稻草人

"那些早早开放的花
明年春天还会再开一次吗?"

她和自己说话,也低头看落花。
细嗅,仿若有沉香。

"这该是冬天的味道吧?"
旷野无人,静悄悄。
稻草人一直在风中飘摇。

"莫非这守候也是一种假象?"
苍老的是暮色,急促的是青春。
当时月光白,爱情还在场。

她在冬天的试验田看稻草人,
等红色的晚霞从天边飞来,
等旧时的光阴又一次回到梦中。

截句选

♥

被点燃的香熏蜡烛,
一边滴泪,一边散发着香味儿。
她一边煽风点火,一边屏气深呼吸。

♥

是谁扔在角落里的一朵花,不说话
这个孤独的,渐次老去的,死魂灵
从不打算消失。是的,明年春天它还会回来

♥

据说下起了雪。可是不见白茫茫一片
她感到虚空,虚空灌进她的体内
仿佛雪,一片一片化在了她的身体里

♥

撞过的南墙,你执意的死胡同。
一半是海水,一半是火焰。

生生不息,却死循环。

♥

相看两不厌
是一部生活的旧哲学

♥

她把一片绿叶夹进书里
她把书本合上
她关上所有的春天
她俯身去捡满地琐屑

♥

天桥下,走在我前面的那位老人,
背影瘦削,像极了我天堂的父亲。
我跟着他走了很久,老人回头之前的每一秒,
都是我和父亲最后的,人间贪恋。

♥

那朵死去的花突然就长了一身的霉
像给自己穿了一件白色嫁衣
枯萎或离开是一株毒瘤

那里有蛰伏的春天和冬天
芳香和腐烂总是同时发生

♥

那个挥霍才气的诗人
对一朵花儿说：你留下来好不好？
然后，他掐断了它

删　除

我喜欢在屏幕上敲下一行行的字，
又一个字一个字地将它们删掉。
我亲爱的汉字不断地出生与死亡，
它们在键盘上跳舞，替我说出梦里的话，
片刻又摁了下去，再回首，继续。
我的前一秒是激情澎湃，
我的下一秒是寂静无声。
和解与对抗常常在一瞬间发生，
我常常怔在半空中等待，
等我敲下的最后一行汉字，
安静地带我回家。

会发光的词

1

终于开始像植物一样生活。
一种渗入空气的静。
纯粹。简单。孤独。充实。
一种彻底的自我禁锢与释放。

2

那么远。那么近。
在梦里来来回回,醒来一直在原点。
语言虚空,它们变成纸上飞蛾,奔走,飞翔。
没有出口。徒劳的是光阴还是一次次升起的
五彩泡沫?

3

我只有一扇小小的窗,
我还是透过它看到了大片大片的天空。

4
没有期待。
这才是一种沉沦。她打开假想的门,
让风暴来得更猛烈些吧。

5
她写下一个又一个温柔的词,
某些时刻,
那些词会发光,干净而明亮。

孤独图书馆

海边有座图书馆,里面坐满了拍照的人
人群如此喧嚣,书本如此寂寞

一重重的浪花扑上来,跳蓝色的舞
像拥抱,要给你安慰

一重重的浪花退下去,悄无声息
像从来不曾出现过一样,静默

海边的图书馆也一直静默
它在海边开成了一朵巨大的、孤独的花

人群依旧热闹,他们继续歌唱大海和浪花
他们把海边那座图书馆,叫作孤独图书馆

绣林小镇

他说他在绣林小镇
那里夜色倾城城门虚掩给你满身旧时的蓝

他说他在绣林小镇
那里有人轻轻歌唱有人偷走了幽暗的月光

他说他在绣林小镇
就像穿过冬天的丛林喝了一杯陈年的老酒

他说他在绣林小镇
梦有点孤单花始终在开万物依旧又寂静又喧嚣

他说他在绣林小镇
要挽着爱人的手慢慢走只说灯火温暖海棠依旧

中　年

谁的中年不是一本褪色的书？
你的史记我的春秋战国
写时撕心裂肺
读来风平浪静
被强行摁下去的那一页
还有你手掌的余温
页无声，只说：未完待续